# 親吻謀殺案

*Turkish Delight Mystery*

# *the Kiss Murder*

*Mehmet Murat Somer*

馬赫梅·穆拉特·索瑪——著　李建興——譯

感謝你所做的一切，Ros先生，Barba Ros……

# 主要人物表

| | |
|---|---|
| 柏薩克·薇拉 | 我，電腦駭客，變裝夜店老闆，精通泰拳與合氣道，深愛奧黛莉赫本，本系列主角 |
| 索菲亞 | 已退休變裝藝人，人脈複雜，曾是主角精神導師，現在是宿敵 |
| 澎澎／撒迦利亞 | 變裝皇后、登台藝人，主角的好友 |
| 肯尼 | 夜店的保鑣，高大魁梧 |
| 哈山 | 夜店的侍者，性向不明，人緣佳，低腰牛仔褲經常露出股溝 |
| 奧斯曼 | 夜店的ＤＪ。 |
| 蘇克魯 | 夜店的酒保，喜歡美少男 |
| 阿里 | 外號點鈔機，電腦公司自營商。柏薩克白天正職工作的老闆 |
| 胡笙·塔利普·柯札拉克 | 社區的計程車司機，迷戀柏薩克 |
| 布絲 | 掌握某些祕密而生命遭受威脅的資深變裝癖者，本名費維茲 |
| 蘇瑞亞·艾洛納 | 國內保守大黨「目標黨」的接班人，與費維茲是兒時好友 |
| 貝琪絲 | 美容院老闆娘，夜店常客，柏薩克的舊識 |
| 法魯 | 貝琪絲的丈夫，財務顧問，與布絲過從甚密 |
| 蘇亞特 | 流行樂壇知名作詞人，女同志 |

艾瑟·薇汀莉　女記者，以變裝議題採訪過布絲，訪談過程意外得知重大消息

雷騰·阿赫梅　艾瑟的跟班，任職廣告業和記者，柏薩克眼中娘娘腔的男同志

蘇利曼·巴哈丁·艾登　柏薩克邂逅貌似賈利古柏的男子，其實是受人指使接近柏薩克

莎碧哈　布絲的母親，盲眼且行動不便

哈米葉　莎碧哈住家公寓樓上的老太太

艾努兒　莎碧哈公寓的鄰居，激動容易臉紅，主角笑稱「蘋果臉」

葛克伯　法院職員，艾努兒的丈夫，兩人育有一女賽姬

歌努兒　變裝癖圈子裡最愚昧無禮的人，通常只出現在法醫單位或喪禮

凱南　前來哈米葉家搜查邂逅柏薩克的年輕帥哥警察

凱漢　有前科的專業竊賊

雅夫茲　郊區的年輕人，夜店顧客，通常打赤膊跳舞

依佩坦　變裝友人，很時髦，高雅，信仰《哈潑時尚》雜誌

莎蒂　家庭打掃女佣

瑞菲克·阿爾坦　同性戀詩人，作詞家

賽姆·葉格諾魯　催眠治療師

**夜店的小姐們**

賽拉普　夜店變裝癖者，有個比她矮的瘦黑年輕男友

艾琳　夜店變裝癖者，愛穿薄透衣衫袒胸示人

# 1

我走向浴室，把電視頻道轉到猜謎節目。只聽聲音。舉凡這類節目，目標觀眾群顯然是無知又不承認的人。不過這不表示我不喜歡答對大多數問題的快感。其實，店裡的某些小姐還慫恿我去參加呢。

「那不是很好嗎，」她們猜測，「你一定會打得他們落花流水。」

「唉唷！他們不會讓我這種人上節目的。」我總是這麼說，讓她們閉嘴。

第一輪問題結束前我就刮好鬍子。接著是化妝時間。當我精神抖擻的時候，這個妝會弄很久。否則，幾分鐘就結束。今晚很熱，所以店裡要很晚才會客滿。我時間很多。只要妝容恰當，我就能變身好萊塢片廠黃金時代的巨星。我生平最愛的是奧黛莉赫本；孩子氣的美人。

經典，完美。我給鏡中的自己送個飛吻。穿上半透明加亮片裝飾的緊身豹紋洋裝之後，我打電話叫計程車。胡笙來了。他白天會用敬語的「abi」，就是「大哥」稱呼我，但是一到晚上見我就流口水。我走出公寓大樓時，照例，他像隻搖尾乞憐的狗對我笑。我一坐進車裡他就關燈。他是隻訓練有素的狗。

「去店裡嗎？」

「我在這時候難道會去別的地方。」

「對。」

我痛恨閒聊。

我們上路。他眼光盯著我，而不是路面。他從照後鏡偷瞄我還不夠，竟無禮地轉過頭來偷看我。如果他是我的菜，不成問題。但是那張娃娃臉不行。我喜歡雄壯威武的男子漢。

「熱得像蒸籠，是吧？」

「嗯……」

「衣服全黏在身上了。我整天關在車上……一下像曬乾的香腸。一下滿身大汗。」

他又用獵犬伺伏的目光看我。

「你上夜班，不是嗎？」

「晚上我也一身汗。」

「那就多洗冷水澡。」

「你以爲計程車行會有浴室喔？可以去你家嗎？我們可以一起……冷卻」

「別亂扯。」

「好吧，大哥……碰運氣問問罷了。別大驚小怪。」

日積月累，當社區的人逐漸了解我，他們態度會改變。計程車行的人也一夕間對我刮目相看，因爲我用泰拳和合氣道的招式，教訓過附近一個混混。身穿緊身迷你裙，眾目睽睽下打敗體型大我兩倍的男人，讓我贏得了無比的尊重。

我在店門口下車時，胡笙問，「下班要我來接你嗎？」

如果他多少長得像A片男星約翰荷姆斯一樣，我或許可以接受。但是完全不像。鼻子和手指也都沒有過人的長處。

「不用，」我說，「我什麼時候要走很難說。不用等我。」

我們的保鑣肯尼在門口迎接我。我一直認爲用的是假身分：不知何故他似乎比較適合穆罕默德．阿里這類名字。不管他本名叫什麼，就是個彪形大漢。某天晚上店裡沒人，在小姐們的堅持下，我找他稍微示範了一下合氣道。結果，他背痛了一個禮拜。我當時已經手下留情了，畢竟用意只在表演啊！太老套了。這些肌肉棒子通常都是紙老虎。他們常用類固醇所以在床上也沒什麼搞頭。

今晚店裡人也很多。讚美眞主；我們店正當紅。我不否認自己也有功勞。畢竟，是我引進了新式的管理方法，還有一套新的規定。

因爲我持有股份，雖然很少，小姐們都把我當老闆看待。他們對我評價高不只因爲股份，也因爲我白天有一份正職。換句話說，我不像她們完全依賴店裡的客人。

賽拉普筆直走向我，把吵鬧的音樂轉小聲方便講話：

「大姊，我男朋友又來了……我應該跟他走嗎？」

「又免費？」

「你知道我無法抗拒他。」

「他這是佔便宜。這樣下去你連這個月房租都付不出來了。」

「我晚點會回來加班……」
「他不是整晚跟妳一起？」
「唉唷，您這是開玩笑了……他跟家人一起住。午夜以前必須回家。不然會被他大哥修理。」
我暗自竊笑。我了解那些嚴厲的老大哥。他們會爲了雞毛蒜皮的小事情暴跳如雷，或至少假裝暴跳如雷。
看到那雙渴望的閃亮眼睛，我改變主意不再跟她理論。
「隨便妳吧，親愛的，但是小心別讓自己陷得太深，」我警告說。
「我從來沒陷這麼深過，」她回答。
「那就去吧。」
賽拉普衝向她的心肝寶貝，大約十九歲的瘦黑年輕人，比她還矮，會怕大哥也是無可厚非。即使跑步時，賽拉普也沒忘了註冊商標的扭屁股動作。據她所說，男友很認眞地多看了一眼，雖然那絕對不是他的第一印象。呃，我猜永遠無法釐清是誰先追誰的。
我把飲料留在吧台，擠過人群走向舞池。經過時許多小姐打招呼或親吻我。走進舞池之後，ＤＪ奧斯曼播放我最愛的歌，天氣女郎的〈It's Raining Men〉。我開始跳舞。布絲走過來，即使黑暗中她蒼白的臉色仍然很搶眼。化妝效果是辦不到的。布絲一面假裝跳舞，然後走到我面前。
「我們可以談談嗎？」她說。

我一手攬在她肩上，帶著布絲離開舞池。奧斯曼從DJ台用疑問的眼光看我，我以手勢示意「晚點再說」。

「什麼事？」

「我們可以上樓嗎？這裡太吵了。我不想大聲喊叫。」

小姐們有時會跟我分享心事，天底下所有事情都來問我，從財務顧問到開導親人都來問我。

我們來到頂樓的辦公室。這是個低矮的閣樓，有個俯瞰店內的小窗子。裡面很擁擠。塞了一張大辦公桌、在角落的保險箱、兩張舊扶手椅、衛生紙和餐巾庫存，還有幾箱酒。我坐在酒箱邊緣上。布絲坐到唯一的空椅子上。她的目光盯著我，彷彿要聽我解釋什麼。我等了一會兒。我忘了什麼嗎？不，我沒有。

「唉，怎麼回事？」我終於問，「看妳的眼神好像有問題的人是我？是妳找我談的。」

她繼續專心盯住我，不發一語。好像在打量我。顯然她在考慮該不該說。

「我嚇壞了，」她開口，「非常害怕……」

我狐疑地看著她。仔細想想，嘴角也露出同情的微笑。

「我不知道該怎麼說。我很迷惑。」

「說就是了。想告訴我什麼就說，」我鼓勵她。

她低頭看看地板，還是沉默。我開始算庫存的燒酒：九箱，塑膠包膜全部完整。

「我很害怕……」

「這很清楚了，親愛的，」我說，「爲什麼？」
我等她繼續說下去。還是不吭聲。我開始算白酒的箱子：總共五箱。比我預期的少。最近喝白酒的人似乎變多了。庫存消耗得很快。
「我手上有一些文件。」
布絲仍然看著地上。她小心地措辭，慢慢接著說，「它們關係到一個大人物。很顯赫的人士。如果外流會天下大亂。成爲史上最大的醜聞。」
這可挑起了我的興趣，不由自主。
「多年前……我跟某人在一起，現在他成了重要人物。那不只是一夜情。比較像是戀情。持續了很久。我們有些合照，在不同時間，不同地點。還有他寫給我的字條。我說字條，但是有一張很像是信函。手寫的。有抬頭跟署名。我是說，完整的格式。什麼都顯示出來了。」
接著又是漫長的沉默。我更好奇了。但我還是缺乏耐心等下去。我繼續算紅酒。只有兩箱。我最擔心的是啤酒：只剩十六箱加四桶。
「有人知道我有這些照片跟信件。」
小姐們通常很多嘴。她們可以跟任何人講任何事，尤其跟名人上床的話，無論多麼小咖。包括每個小細節。無可避免，情人其實是異性戀，但就是無法抗拒她的魅力。事實上，他迷得神魂顚倒。當然，這些小故事是用來廣告敘述者的美貌與特色——未必完全屬實。連我偶爾也會扭曲一下事實。

但是我認識的布絲從不沉溺於這種滿足自我的活動。其實，仔細想想，我發現我對她的了解很少。她的本名是費維茲，出身伊斯坦堡。她在泰斯維奇耶區獨居。她養了隻貓。她比其餘人年齡稍大，我猜接近四十歲。

我們這種人一過四十大關，有錢的就把自己關在家裡；沒有資源的就淪落到三流歌廳或回到鄉下，跟「民眾」摩肩擦踵。全國每個省份都有雇用我們小姐的特許烤肉店。那些被放逐到鄉下的人每年回伊斯坦堡採購一次，展示自我，可悲地謊稱她們多麼滿足現狀。

總之，布絲大約十年前開始接受矽膠注射。然後……她開始濫用三宅一生香水。

「我絕對不會背叛交往對象。從來沒有。如果結束，就是結束了。」

她又陷入沉默。這次，她抬頭看著牆壁。茫然的目光掃瞄掛在上面的營業執照跟報稅單。我也跟著看起來。

「總之那是很私密又特別的事。到現在仍是，非常隱私。」

布絲的目光固定在營業執照上陷入某種沉思。雖然她沒說什麼，顯然她正在神遊，回味她透露不多的戀情。我開始把玩桌面上鬆脫的黏膠。我用假指甲捏起來，再讓它掉落。我沒有計算我玩了多少次，但過了一會兒布絲才開口。

「後來節外生枝。這事我告訴了別人。當時我茫了。不記得我說過什麼，但是一定說太多了。然後有人發現了文件的存在。現在他們要我交出來。」

「爲什麼？」我問。

「勒索吧，我猜……」

「他們是什麼人？」

「我不曉得。他們先是留言在我的答錄機上。我沒想太多。我沒照他們的要求做…… 然後他們闖進我家。就在昨晚。當時我在店裡。他們把家裡搜遍了，但沒找到東西。」

「會是普通小偷嗎？」

「起初我也這麼想，但是不對。我有現金。沒被拿走。音響也留在原處。我的珠寶原封不動。但是整個家裡被掀得天翻地覆。今天花了我一天整理。」

「那麼妳藏在哪裡？他們爲什麼找不到？」

「在我老家，」她回答。

「我不懂。」

大多數小姐跟家人沒有連絡。她們多半無家可歸。

「在我媽那邊。我的舊臥室裡。有時我會回去住。」

「原來如此。」

「我怕他們也會找到我老家去。她老了，從不出門的。」

她脫口而出。我們的對話熱絡起來。

「如果從不出門，那就沒問題啦。」

「當然有問題。我媽是盲人。」

我忽然懂了。我瞪大眼睛。

「所以她不曉得你的事。」

「她當然全部知道，」布絲說，「盲人能用雙手看東西。她好一陣子沒發現，但是我有胸部，後來還留長髮。她或許瞎了，但她不笨。」

房門打開，哈山探頭進來。來得眞巧。今晚我實在不想再聽布絲偏執的幻想故事。

「原來你在這兒，」他說。

很容易發現布絲不喜歡哈山。因此，哈山似乎也很不自在。當然布絲也不是他喜歡的人。

「抱歉打擾了。我只是想通知你有個自稱是妳朋友的團體剛剛來了，」他大聲說。「團體」意思是男女混合的一群人。

「他們要找您。您要下樓嗎？」

我的員工都用正式的「您」稱呼我。我喜歡這樣。我轉身看著布絲。她已經站了起來。

「我不希望給您添麻煩。算了吧，」她低聲說，「該來的總是會來。」

我跟著哈山下樓，不情願地補充，「我們晚點再談。如果你想要，等我下班以後來我家。看你方便。」

「或許吧，」她說。她聽起來很累。我側身讓她先走。

我們依序下樓，哈山帶頭，接著是布絲和我。哈山的牛仔褲滑落到屁股下，露出了一點股溝。他輕快的腳步總令我心疑。他自己從沒發覺。到這店裡上班快滿一年了。他跟所有小姐們關係都不錯，但是沒跟任何一個上過床，跟普通女人也沒有。至少我們沒聽說。那不太尋常吧？

我再看看布絲的屁股。她下樓梯時優雅得出奇。當窄小的男性臀部在她的緊身皮革迷你裙裡扭動，光線照出神奇的效果。我發現我從未仔細觀察過她的屁股。就像兩瓣蘋果般突出來，讓人忍不住想捏一把。

她沒說明讓她這麼害怕的人是誰，或爲什麼。光是談談似乎就能安慰她。然後她消失在人群裡。

# 2

哈山說的「團體」包括了貝琪絲，尼桑塔希區某家服裝店的老闆，她老公法魯，作詞家蘇亞特，一個廣告業男士跟一個女記者，我馬上忘了她的名字。我是第一次見到最後兩人。廣告男顯然名叫阿赫梅，似乎有點娘娘腔。我很快就能摸透底細。我坐到他們那桌。哈山端出最專業的架勢，等我們點酒。

雖然跟貝琪絲、法魯與蘇亞特都很熟，哈山保持距離，像是爲了尊重陌生人。否則，他會和蘇亞特挽著手臂，興奮地交換最新八卦消息。

蘇亞特很有男人味，翹起二郎腿，點根菸叫了一瓶燒酒。她是鐵打的女同志。很多男人跟她相比都顯得女性化。法魯點了威士忌加冰塊。其餘的人要喝白酒。根據挑選的白酒，幾乎可以確定阿赫梅是同志。有錢的異性戀男人會點烈酒，也有人愛喝啤酒。軟趴趴的白酒有什麼好喝的？

店裡越來越擠。收入場費反而刺激更多人上門。

開心地跟貝琪絲等人聊天時，我完全忘了布絲的事。貝琪絲的店有點過氣了，但是偶爾也會有很適合我的衣服，價錢也合理。意思是說友情價。有時我不太相信她老公法魯是個財務顧問。我總覺得他有點遲鈍。他配戴的首飾是理由：他右腕上，一個鑲鑽拼出名字的粗手鐲；他左腕上，金色錶帶的手錶。很不幸，不是勞力士。更礙眼的是，他有三根毛茸茸的手指戴著鑲寶石金戒指。這還不夠解釋我的反感嗎？

蘇亞特的本名是艾萱；蘇亞特其實是她的姓。因爲用蘇亞特這名字出了名，外表又明顯比一般叫艾萱的陽剛，現在她只用這個名字。蘇亞特一有機會就嘲笑男人，沒有任何男人摸過她這一點令她非常驕傲。根據她的分類法，最高等級只有女同志而已，接著是非同志的女人、像我們這種小姐、男同志、雙性戀，最後，在非常非常底下，才是異性戀男人。目前她還沒有辦法幫男歌手寫出好歌詞。對於他們，她只寫些最愚蠢的廢話，描述最愚蠢的情緒狀態。她的所有暢銷曲——數量頗爲可觀——都是爲無法回應她熱情追求的女歌手所寫。有一陣子，蘇亞特跟一個雀斑紅髮歌手形影不離，她幫助蘇亞特在市場上闖出了名號。直到某天她在眾目睽睽之下公開大聲叫蘇亞特「艾萱」，一切都完了。那件事還上了娛樂媒體頭條。

這是她相隔許久後第一次上門。沒有熊抱或拍拍我的屁股，那是她的習慣。我當作好事。但是等她喝了五杯燒酒以後，誰也說不準會做出什麼事來。

雷騰·阿赫梅，廣告業男士，小口啜飲白酒的樣子簡直是優雅的畫面。他的不安顯示在不斷抽菸的行爲。跟一大堆熟人置身這種地方，超出了他的限度。他羨慕地看看四周，對著跟我們小姐跳舞的男人暗自嘆息。我有預感改天會看到他自己上門，準備在沒有熟人的時候放鬆一下。

我忘記名字的女記者好奇地左顧右盼。今晚也許是她的初體驗。她偶爾偷瞄我幾下，但是不作眼神接觸。我爲此賭氣、壓低聲音講話。當她看過來，我就親切地微笑。回答他們的問題之後，我告退。無論如何，我只喝掉一半的酒。我說過了，人多的晚上有很多事要忙。

我從桌邊起身後，布絲坐到貝琪絲和她老公旁邊，兩人她都認識。以我的印象，他們三個曾是三人行的關係。布絲交代這段關係不太成功，三人都忍不住竊笑。等法魯和貝琪絲開始爭吵後，布絲就走了。

我開始注意其他事情。現場有很多不同年紀與類型的男人，而小姐們，我的小姐們，美麗迷人又很感激我的關心。然後還有那些偶爾惹麻煩的人。我店裡不會收容酒品不好的小姐。這種女人，還有那些爭風吃醋難以約束的男人，都不允許再上門。雖說這種條件恐怕連亞蘭德倫都會被列入黑名單。我知道這樣很古板，但是說到「男人」一詞我馬上會聯想到亞蘭德倫那型。還有他年輕的時候！我對亞蘭的愛慕至少一部份遺傳自家母。她是超級粉絲。肚裡還懷著我的時候就老是看他照片，希望自己長大以後跟他一樣。我出生後，她還在看。等我對男人感興趣之後，乾脆一起看。她帶我看過他所有的電影。我們會邊看邊異口同聲地嘆息。

顧客多的時候總是時光飛逝。送往迎來，到處聊天。不知不覺間，已經是早晨了。我們營業到天亮。在週末，顧客們紛紛離去時很少有小姐沒人要的。其實，她們某些人一晚上能連趕好幾攤，散攤之後便回到店裡。今晚就是這樣的夜晚。我看一下帳單——照例，周轉率很高——然後就走了。我感覺粉底下的鬍鬚長出來了。我坐上肯尼叫來的計程車，立刻脫掉高跟鞋，一路按摩著雙腳回家。這可不輕鬆，連續八小時像小鹿般優雅地一桌巡過一桌，還要踩著四磅重的高跟鞋。計程車司機是熟面孔。一位老紳士。他知道我的地址；我們很少聊天。而且他始終如一。可想而知，今早也是如此。我並不打算付正常費率的兩倍招車。等晚上再到店裡來收錢。

我赤腳走進家裡。無論如何我上床前會先洗澡。甚至可能想要喝點熱飲——我的新歡是茴香茶。能夠撫慰與洗滌心靈。沒錯，我一向會注意什麼東西對什麼有益。

# 3

洗澡正是醫生的命令——長時間置身穩定的水流下有催眠效果。能讓人完全放鬆。臉上被水沖掉的化妝品份量總是令我驚訝。就像塗上去的時候一樣少得幾乎忘了它的存在。

我對著鏡子檢視我的身材——我最愛的消遣。我是一般人所見游泳選手的身材，那種苗條略帶肌肉的型。完全沒有整過形或塡矽膠隆乳。平胸女人並不罕見。我乳頭的大小和堅挺對大多數人已經綽綽有餘。幹嘛要矽膠？我的腿有除毛，雙臂是自然狀態，胸口長了一撮胸毛。除非需要穿性感衣服，我盡量不動它。幸好，我的胸毛顏色不深。有時候在低垂的頸線瞥見胸毛也有種特殊魅力。很多男人在做愛時把手指伸進我的胸毛裡。我全身都會抹乳液。有種涼爽、滑溜和汗毛直豎的快感。

我早上最喜歡的莫過於在報紙送來之前，漫無目的地在各個房間亂逛。端著大馬克杯——花不少錢從Casa Club買來的——喝著茴香茶晃盪。我家的早晨光線美極了，淡金色。狹窄走道上排列著水平的細長光束。怪異的影子。讓我心情安詳。

照例，雜貨店夥計來晚了。將近七點。那是我的另一項偏執。每天我沒看過報紙就睡不著。

門鈴一直響。這不可能是闖入我小天堂的夥計。他從不按門鈴，只會把報紙從門縫塞進來就走。我衝到門口，準備痛罵闖入者。想當然耳，我先從窺孔看一下：門外是胡笙，計程車司機；布絲站在他背後，看起來像中邪了。我打開門。

「到底出了什麼事？」

布絲來不及回答胡笙就插嘴。

「你朋友去了店裡。我看到她走進來。她在找你，就帶她過來了。」

他一口氣說完。我痛恨用熟人的「你」代替「您」。況且，他在我們店外的街道上徘徊，想幹什麼？

布絲用反常的語氣問，「我可以進來嗎？」

當然可以。我讓開讓她進來。胡笙想跟著進來，我擋住他。

「欸，你想去哪裡？」

「我以為可能發生了恐怖的事。或許你們需要幫忙……你不想要落單……」他支支吾吾。我在他臉上發現熟悉的飢渴表情。遭拒之後，他應該懂得別硬拗。

「沒事了！」我說，「不需要。我們能夠應付。」

他臉上表情依舊大膽。他顯然自以為是伊斯坦堡版的布萊德彼特。我正準備當他的面把門甩上。他伸手擋住。

「如果你們需要什麼，我就在車行。需要幫忙就打來別客氣。」然後又露出傻笑。他手指家裡面。「我不知道出了什麼事。但不是好事。」

「好吧。一言為定。有需要我會打電話。走吧。謝謝你帶她過來。」

我又想關門。他又伸手擋住。

「別死纏爛打，」我警告。

「呃，」他說，「誰要付車錢？」

以布絲的狀況忘記給錢很正常。當下我一定是愣了一下。

「我可以去店裡收，」他提議，「嗯，如果你手頭不方便的話……」

「多少？」我問。

「我沒看跳錶。你知道的，照你每晚的車錢吧。」

我付了他比適當金額稍多一點。

「沒事了吧？」我問。他眼中希望的光芒消退，然後完全熄滅。他茫然地轉身。我關上門走回布絲身邊。

她陷進扶手椅，瞪大眼睛望著空中。

「妳要喝什麼嗎？」

「麻煩你。」我等著她指定什麼東西。茶，咖啡，可樂，水，酒……她沒說話。

「妳要喝什麼？」

她看我的表情好像猜謎節目的參賽者在努力回答什麼難題。我重複一遍。

「妳要喝什麼？」

她頓一下。彷彿是難題，決定拖延。她又茫然盯著空中。似乎嗑了藥。有的些小姐已成癮，大多數只是偶爾用。至於我，從來不用。

我很有耐心，但是最好別去考驗這個美德。尤其在大清早。

「我要喝茴香茶。幫妳泡一杯吧。」

「好。」

泡茶的時候，我回想她昨晚告訴我的事。或許她的故事有點道理。我在杯裡加了點冷水方便她馬上喝，不會燙嘴。回到她身邊。

我們默默對坐片刻。我注意她的怪外表，她的妝糊了，短髮映著早晨的光線。她眞是費維茲和布絲的融合體。她抬起頭專心看著我。我也用最同情的微笑回應。我很擅長聆聽，往往也能學到很多。不巧的是，我在早晨的狀況欠佳，因爲很想睡。

終於——對，終於——她開口了。

「我很害怕，」她又說，就像在店裡一樣。「我不知道能去哪裡，能找誰。所以我來這兒。很抱歉。相信我，我走投無路了。」

「你來找我是對的。」

我還能說什麼？我好累。我詢問地看著她。等著她解釋，然後大家才能睡覺。

「他們到家裡來，」她說，「我回家的時候差點撞見他們。有三個人。他們進去了。在等我。」

我可以晚點再問「怎麼進去的」。首先我得了解事情概況。

「我一發現他們在家裡，趕快關門。鎖上之後跑掉。幸好鑰匙還在鎖孔裡。」

「很好⋯⋯ 妳做得對，」我誇獎她，「他們是什麼人？」

「我不知道，」她說。我沒看到他們。只聽見聲音。」

「妳怎麼知道他們的目的？」

「連續兩晚！」她驚呼，「前一晚他們搜過了房子。什麼也沒找到，所以他們回來抓我。」

「萬一他們跟蹤妳呢？」

「大門相當堅固，」她說。「他們被關在裡面，至少要花一小時才能打開那種鋼鐵門。我換了三台計程車。確定沒人跟蹤我。」

她繼續注視。以她的經歷來說，她真的夠冷靜。她用機械人的語氣說話。冷靜又緩慢。

「其實我沒什麼時間去想……」她說，「我神經緊張。我吃了點藥冷靜下來，然後決定來找你。我頭腦還有點昏沉。」

如果她吃了藥，不可能問得出什麼。

「妳想要的話，先睡吧，」我提議，「睡一會兒。冷靜一點。醒了以後再說。」

「好，」她說。

我帶她到客房。她沒卸妝就上床了，只脫掉衣服。想當然爾，她穿最小號的丁字褲。

# 4

睡眠對我有益。中午過後不久醒來，拉開厚窗簾，光線充滿室內。我立刻開窗：接觸新鮮空氣。夏天無論外頭幾度，大樓後面的花園總是涼爽潮濕。我很喜歡這個花園，有很多果樹和繡球花。

客房緊閉的門讓我想起布絲；我盡量躡手躡腳進浴室。她一定還在睡。冷水令人精神振作，我充滿迎接全新一天的興奮感。然後我到廚房準備兩人份的咖啡。第一口的苦味令我屏息，然後是刺激。

我走進去選張能撫慰人心的音樂。我決定放巴哈的 BWV 1060 雙重協奏曲。這曲子特別適合晴朗的日子。我根本忘了我有幾種版本的唱片。手上有好聽音樂最棒了。我最愛的是 Pekinel 姊妹與爵士樂手 Bob James 演奏的合成版，還有 Hogwood 和 Rousset 演奏的大鍵琴版。Christopher Hogwood 和 Christophe Rousset 兩人都是同志，額外加分。

我到客房去叫醒布絲。我輕輕敲門，偷看房裡：裡面沒人。床已經整理好了。我本能地喊她名字。豎起耳朵，等待從家裡任何地方傳來回答。沒聲音。我連忙找遍全家，叫她名字。我家空間很大，但不是什麼宮殿。我迅速查看每個角落：布絲不見蹤影！她走了。

我把她沒喝的咖啡倒進洗碗槽，端著我的咖啡坐到我最愛的椅子上。我想冷靜地評估狀況。在韓德爾陪伴下，我開始思考：有人，總共三個人要抓布絲，她的本名是費維茲。其實，他們要的不是她，而是她持有的照片和信件。這些文件涉及曾經跟布絲／費維茲有過一腿的大人物。她宣稱那是絕佳的勒索材料。照片和信件藏在她瞎眼老媽家裡「青少女時代」的舊臥室。布絲家被搜索過了。此外，三名男子現在還在她家裡等她。

既然找到布絲和她家非常容易，他們或許也很容易找到店裡來。或許今晚，也可能明天……他們遲早會出現。這一點跟我個人有切身利害關係。

布絲家被闖入之後來到我家。你也猜得到，我們的小姐對犯罪活動並不陌生。她們幾乎每天都要忍受輕微的偷竊與肢體攻擊。所以，她們可不容易驚嚇。然而，布絲／費維茲正在震驚狀態。她不確定實際上出了什麼事，理由何在，無法告訴我太多。現在她消失了。進展停頓。

我知道的就這樣。現在由我決定要不要進一步插手。我面前的選項是：

（A）：靜觀其變。等著布絲／費維茲需要我的時候聯絡我。

（B）：對布絲／費維茲負起某個程度的責任，畢竟她是我店裡的兼職員工。所以，先發制人，嘗試找到她保護她……

（C）：釜底抽薪。但我不太確定問題怎麼解決。

（D）：找到那些照片和信件。扮演某種中間人，盡量平和地交出東西；毀掉東西；或爲了布絲的利益賣給出價最高者。

無疑還有其他幾十種可能的行動方式。但是我認爲值得考慮的只有這些。

電話鈴響害我跳了起來。可能是布絲，想要解釋為何她不告而別。是哈山。

「早安，」他說，「希望沒有吵醒你。」

「沒有。我醒了。」

「好，」他說，「布絲還在嗎？」

「不在。我早上起來她已經走了。」

「她沒打電話回去嗎？」

「還沒。」

我忽然想到。哈山怎麼會知道布絲跟我過夜？

「你怎麼知道她在我家？」我問。

「你走了以後，我正在關門，她來找我。我送她出去找你的計程車司機胡笙。他碰巧在這兒。或許肯尼沒告訴他你走了，他在等你。」

這個解釋似乎可信。

「我很擔心，」他繼續說，「她看起來不太好。」

「你說得對，」我同意。

「有什麼問題？出了什麼事？」

「那是私事。」

「我瞭，」他說，「我只是懷疑。」

「聽著，」我警告他，「你太好奇了。你知道俗話說，『不是蠻橫就是窺探。』欺凌或好奇心是都是麻煩的根源。」

「我偏好第二種，」哈山說，「我不需要混蛋（dicks，陰莖的雙關語），謝謝……全部給你。」

要不是他不懂內情，就是在假裝。

我掛斷電話。

接著電話立刻又響了。我以爲哈山忘了說什麼事，馬上接起來。

我的「喂」聽起來一定有點粗魯。

「剛才忙線。希望我沒有吵醒你……」

起初我聽不出對方的聲音。接著他自我介紹：貝琪絲的老公，法魯。我跟貝琪絲關係很好，但是法魯打給我還是很不尋常。尤其在早上。

他問我好不好，謝謝我昨晚熱誠招待。雖然聽起來沒什麼說服力，他說昨晚他很開心。

我很少在店外見到法魯。法魯講話比平常遲疑。每個句子——甚至每個字——之間都有足以插播廣告的停頓。

「貝琪絲問候你，」他說。

我又謝謝他，問候他老婆。怪的是，貝琪絲通常這時候會在她店裡。

首先，哈山讓我停止思索；他知道這麼多，又急著打聽……法魯的電話讓我更加起疑。爲什麼偏選在這時候？

我決定選第一個行動方式：靜觀其變。

其實這是最困難的選項，因爲我的心思開始狂奔。坐著啥都不幹實在令人很煩。我必須拋開所有關於此事的念頭，過我的日常生活。畢竟，我說過耐心是我的美德之一。

幸好，我有很多事可以保持忙碌。我到書房去看行事曆。正如我的印象，下午四點半我跟一家叫做 Wish & Fire 的公司有會議。

我的正職是技術支援，我研發電腦的安全系統防止駭客入侵。挺好賺的。我可以排很多工作，時間自由。而且，以專業術語來說，我仍然只是二線的；意思是，我還沒有闖出名號。請不起大咖的人就來找我。所以我有很多客人可以挑。

我也在提供該服務的某公司有間辦公室。我房門上的頭銜是「顧問」。我偶爾會過去，心情好的時候。否則，我就在家工作。大公司想見我的時候，通常表示有好康的差事上門了。我的工作絕對不算容易。駭客隨時都在研發更有效的方法。要跟上他們越來越困難了。

開會時，我想最好穿得離經叛道一點。客戶們通常偏好奇裝異服，表示服務品質比較好。他們最不希望我穿得像個銀行家。我選了番紅花色系的時髦襯衫。搭配白褲子，看起來夠搶眼了。

我提早抵達會議現場。一切如我預期：他們的電腦系統當掉兩次，只爲了「好玩」。他們需要我幫忙防止未來的攻擊。他們一直高談闊論資訊流動的重要，他們的海外人脈和對於這類問題的敏感。我針對他們提出的每一點作很多筆記並且隨機回答。談生意的時候，我自認是公司的老闆；我的合夥人阿里只會偶爾稍微困惑地瞄我一下。現在他就是這樣做。我瞪眨眼，留意不讓人看見。

會議結束後我告訴阿里我得仔細檢查過該公司的系統才能決定最佳的作法。我建議我看過之後再提出報價。雖然他的生意人頭腦聽不懂，阿里還是點頭同意。

「你比較懂。你是專家，」他說。他是對的。

我毫不浪費時間馬上回家。到家之後，上網研究Wish & Fire公司，看看他們的本地與國外網站。我甚至潛入他們的系統收集了一點資料。輕而易舉。全球的電腦系統建構方式幾乎都像加拿大人一樣天眞。幾乎沒有任何防護措施。我估計我的工作要花上十到十二天，收費兩萬美元應該很公道。外商公司摳得要命，所以我猜想再貴也很難了。

滿意之後，我打給阿里。他在很吵的地方，但是一談到錢，總是能聽得清楚每個字。他很仔細聽。

其實我只想在電視機前發懶一陣子，然後準備晚餐。轉台時，門鈴響了。是計程車行來的胡笙。

「什麼事？」我問道。我擠出低沉的語氣，不過還算是高音。

「呃，」他說，「你朋友怎麼了？她還好嗎？今天早上她看起來很糟糕。我挺擔心的。」

「她沒事，」我乾脆地回答，「多謝你關心。」

似乎人人都擔心布絲。

「如果需要什麼你會打來吧……」

「不需要。」

我的語氣夠酸了，但他不為所動，顯然不願意離開。他想要什麼很清楚，但他缺乏勇氣。

「什麼事？」我問。

「你準備好以後我隨時可以來接你。我答應要送你到店裡，你知道的。」

他裝出一個大情聖的笑容。

「還早，」我說，「我會打去車行。不用等我了。」

「什麼意思？」他抗議，「還有什麼事比等你更重要？」

「那就等吧！隨便你。你高興就好。」

「但是你什麼時候出門？」

「我不確定。我想等我準備好以後吧。晚安。」

我關上門。

我對胡笙的糾纏有點不悅。他一大早在店門外幹什麼？如果他眞的在跟蹤我，他會知道我其實沒有留到那麼晚。而且他對布絲這麼有興趣要幹嘛？他只見過她一次。我猜是搭訕我的藉口罷了。

按照這時候的慣例，我胡亂轉台，尋找可以看的節目。沒啥好看的，我關電視。我到廚房去給自己弄點開胃菜。目前我沒有交往對象，所有餐點都是一人份。即使要花兩倍的吃飯時間去準備，我還是覺得做菜可以讓我冷靜。

# 5

我津津有味地吃完，把碗盤放進洗碗機。布絲還是杳無音訊。如果出了什麼大事，我一定會聽說。現在去店裡還太早，我決定上網。試試新軟體，也可以看看色情網站上的猛男。反正我在日常生活沒機會認識這種人。養眼，也學點解剖學常識。

我打開約翰．普瑞特的網站。有些我沒看過的新照片。他是極少數光用照片就能讓我興奮的男人之一。意思是，我通常偏好現場眞人。不像很多其他人，我對情色、軟調或硬蕊照片沒有成癮。爲了完全欣賞一個人，我需要他看著我，動作，感受他的氣息。但是約翰．普瑞特……那些表情，那個嘴唇，那些手勢……太完美了。他鶴立雞群，是Colt工作室的巨星模特兒，在男同志圈內享譽多年。

下載照片的同時我看了看新推出的防護軟體。沒什麼重要的。身爲網路行業的人就有這種好處。讓我可以跟上最新科技。

我正準備好好跟約翰．普瑞特袒裎相見一下的時候，門鈴響了。透過窺孔看到胡笙，我火氣就上來了。我用力開門。只要稍微輕舉妄動，就能把他壓扁。夠了就是夠了！

「什麼事？」我問，「你要幹嘛？」

「抱歉，」他說。笑容不見了。「我打過電話，但是線路不通。你在看電視嗎？」

「對，」我說。

「那好吧……」他轉身要走，但是想要說些什麼，又不出聲。

「別再騷擾我，」我說，「你看錯人了。」

他臉紅，不敢看我的眼睛。

「不，你誤會了，」他結巴著說。

「不，我沒有！一點誤會也沒有。你最好收斂一點。我警告你。別再稱呼我你。你對顧客應該稱呼您。」

「是這樣的，」他懇求說，「我剛在車行看電視。你朋友被謀殺了。我只是來致哀。好歹我們是鄰居。我想我有權利這麼說。」

布絲！費維茲！管她叫什麼名字。這下輪到我臉紅了。

我讓胡笙進來，他轉述看到的新聞。他還是低頭看地下。他當場認出新聞報導中的女人是他早上帶到我家來的人，所以他聽得很仔細。顯然有個變裝人士跟顧客發生了爭吵，新聞是這麼說的。兇手沒有抓到。可能是自衛。她的頭被劈開了。他們甚至在螢幕上播出來。

最後他說，「原來，她本名叫費維茲，」然後抬頭看我。其實，他的眼睛挺可愛的，很有味道。但仍然無可救藥。我不確定我看他的眼神如何，但他站了起來。「我該走了，」他說，「如果您需要什麼，打電話來。」

他還記得用「您」。即使最後一刻才想起來，也算是種進步啦。

「ＯＫ？我會盡力幫忙。」

然後又是那個表情：兩排明亮、潔白、健康的牙齒對我閃閃發亮。

我欣賞有毅力的人。除非他們的目標是勾引我。

我用沙啞的聲音道謝，送他出去。事情開始失控了。純眞的祕戀演變成勒索材料，然後威脅，然後是殘酷殺人的動機。照例，警方會把「變裝者檔案」塞到懸案抽屜裡。其實，這種事從來不只是八卦那麼單純。

我忽然想起那些信件和照片。犯罪動機！藏在費維茲的盲眼媽媽家裡！他們隨時可能找到她。另一個無辜的亡魂。我必須搶在他們之前找到她。她需要保護，我必須阻止他們找到那批文件。

我立刻下定決心。這次，我又得要淌渾水了。

# 6

我不知道店裡的小姐們住哪裡，至少知道得不多。即使去過的我也不記得詳細地址。我連大多數人的本名都不曉得。所以我一點兒也沒有印象死者母親的家會在哪裡也不足爲奇。胡笙看的新聞裡一定有提到她姓什麼，但是幾乎確定不會重要到晚間新聞足以再報一次。我可以從警方的法醫室問出來。但是要花時間，我的時間可不多。我必須盡快找到這位老太太，並且拿走那些信件和照片。

我努力回想哪個小姐跟布絲比較要好。因爲她比較年長，大多數人會保持距離。更別提她給人的印象是出身高貴。身爲變裝者，她是個怪胎。大多數小姐會穿晚禮服或性感服裝，布絲／費維茲偏好比較貴婦的衣服。她甚至穿過訂做、淡粉紅色的古典香奈兒來上班。她投射的自我形象就算不是凱薩琳．丹妮芙，至少也是莎賓．阿茲瑪。我看過幾次後者穿這種衣服在五星級飯店陽台喝茶。雖然妝太濃了一點，又有點輕佻，她確實是與眾不同。

我打到店裡找哈山。別的不提，我們必須考慮布絲的遺體。如果我們不去領，家屬也拒絕領回——經常有這種事——遺體會淪爲某家醫學院的解剖材料。至於飢渴的外科醫師會對遺體怎樣，又是另一回事。解剖一具明顯是男性屍體的課程，卻有隆起的胸部、顴骨與塡充大量矽膠的嘴唇？時代果然不斷在變。

哈山有看到新聞，但也想不起她的姓氏。「她都跟誰在一起？」我問。他想了一會兒，回憶他認識的所有小姐名單，又回到名單開頭。他終於選了個較老的小姐，索菲亞。

「你是說我認識的索菲亞嗎？」我問，「她不是退休很久了？」

「沒錯，」他證實，「她已經不太出門了。她過著平靜的生活。」他頓了一下。「至少我猜是這樣。」

「我要怎麼找到她？」

「她還住在卡塔塞姆。」

「哈山，講重點。你知不知道她住哪裡？」

「我去過一次。但不確定我還記得。」

「說是或不是就好。」

在任何情況下，我不會也不能容忍猶豫不決。

他想了一下。我語氣的嚴肅顯然迫使他回答了一聲「是」。好樣的，哈山。

然後他又說：「但是你知道她受不了你。如果我帶你去她家，她會把我碎屍萬段。」

「我知道，」我乾脆地回答。

這實在很無聊。對，我必須承認我們分化成很多個派系。不是每個小姐都充滿人道主義傾向與快速交友的能力。敵意並不少見。其實，還挺普遍的。

「她超討厭你的。她永遠無法原諒你介入她跟她朋友席南。她不可能會幫你的，尤其是你。」

雖然我希望哈山對我坦白，但是站到索菲亞那邊眞的太超過了。我的員工竟然支持索菲亞！太扯了。

「聽著，哈山，不要逼我。她幫的不是我。這很嚴重。我必須聯絡布絲的媽媽。這是生死攸關的事情。」

「爲什麼？」他問。

我愣住，然後判斷他有理由問我這個問題。布絲／費維茲從來不是我的愛將，平時也不跟她一起混。我現在顯露的興趣遠遠超過雇主的角色。

我簡短描述了狀況。他屏住呼吸聽著。

「所以，在她媽媽的家裡？」他說。

他的疑問很正常。這麼高度私密性質的東西通常不會交給父母。

「布絲的母親瞎了，」我補充。

「啊，我懂了，」他說。

「趕快打給那個乾癟老巫婆索菲亞，問出布絲媽媽的地址，如果她知道的話。還有，一定要問到她的姓。問到了馬上打給我。」

「可是我不知道她的電話，」哈山說，「只知道她家在哪裡。」

又一個掃興的問題。我努力整理我的思緒。

「聽好，」我提議，「叫蘇克魯負責顧店。我去接你，我們一起去索菲亞家。你去跟她談，我在車上等。」

他來不及回答，我就掛斷了。

接著，我打電話叫計程車。當然，出現的是胡笙。

「你這時候不會去店裡。到哪裡？」

「去店裡！」我尖銳地回答。

短暫的困惑表情讓我暗爽不已。他的自信嚴重動搖，無禮的表情變成驚訝。接著我必須告訴他其實要去哪裡。我看到他眼中似乎又閃出興奮的光芒。但是從照後鏡看到的影像可能會誤解。所以我沒放心上。

接到哈山，然後花費大約廿分鐘繞路穿過蘇埃第耶和卡塔塞姆的單行道，在鐵軌上下穿梭，沿著海岸一段路，我們停在一棟公寓大樓門口。「到了，」哈山說。我們停好車。哈山下車。胡笙跟我在車上等待。氣氛的張力簡直宛如拿刀切斷。胡笙似乎在鼓起勇氣想說些什麼，但又改變主意。我迴避照後鏡中他的目光。就像典型的法國電影：一男一女的尷尬對峙。呃，不盡然，但是差不多了。他終於開口。

「要我放點音樂嗎？」

「隨便你，」我簡短回答。

「你想聽什麼？」

這個問題有機關。我想回答「除了你什麼都好」。但現在時機不對。

我改回答，「輕鬆的。我得想事情。」

「意思是慢歌還是古典樂？」

我抬起一側眉毛。我們計程車行的司機通常只聽阿拉伯或土耳其的流行歌。

「不重要，輕鬆的就好。」

「我知道你聽古典音樂。我看過你家裡的CD，」胡笙透露。

他又用回了熟人的「你」，我想要糾正他，但是忍住。正當我懷疑哈山為何去了那麼久，門打開，他上了車。

「怎樣？」

「我想她不在家，」哈山回答。

他坐著不發一語。

多虧哈山，我們浪費了一整個小時。俗話說得好，時間最重要。這樣下去，可能有人會在我之前抓到布絲的母親，拿到照片和信件。我們大老遠跑到亞洲海岸毫無收穫。

我沒時間尋思替代方案了。「去法醫室，」我命令胡笙，「我們先放你回店裡，」我告訴哈山。

胡笙開始根據他偷聽到的解釋事情。

「我們在找今天早上我帶去你家的朋友的母親，對吧？」

「不，」我說，「我們要去法醫辦公室盡量打聽費維茲——也就是布絲之死的事。」

其餘路途我們三人沉默不語。哈山下車時，我對他說，「我們盡能力辦葬禮吧。」

「別擔心，」他說，用力關上車門，同時裝出負責成熟的表情。

我們繼續去沙帕。

胡笙打破沉默：「呃，他稱呼『你』耶，」接著回頭瞄我一眼。

他顯然理解了我對稱呼「你」的敏感，也記住了。這是好事。

「對，我們認識五年了。」

沉默。

「可是我說『你』的時候爲什麼你那麼生氣？你也叫我『你』。我一點兒也不介意。」

要不要解釋讓我陷入天人交戰。要是我算了，他會誤解。要是我嘗試解釋，他也會誤解。

「隨便啦。別擔心。」

我們到了沙帕。

多虧了我們的小姐，停屍間入口顯得異常熱鬧。她們七嘴八舌活力充沛。有的人盛裝打扮，也有人穿便服。新聞，尤其壞消息，在我們圈子傳得很快。我一向認爲我們的通訊系統絕對不只靠電話。可能是某種心電感應，但我還無法完全理解是什麼東西、如何運作。我也沒打算深究。無論如何，一切運作正常就夠了。

我尋找經常在停屍間出沒的歌努兒。她是個胖子，服裝品味欠佳又長得醜，但是口無遮攔又直率。更重要的，我聽說她跟布絲有點交情。

大多數小姐來這裡是打著團結的名義。大家對抗變裝者的所有敵人，加上不願意幫忙的警方總是異常地團結。我懷疑有多少人眞的認識布絲。大多數小姐來自我不熟悉的世界，意思是說，他們來自阿克薩雷、拉雷里跟快速道路。我擠過人群到了中央，專心收集任何可能有用的零碎資訊，開始詢問每個人。

某些人眼中燃燒著怒火。他們準備採取任何行動顯示他們的憤怒。我很快發現大多數人不僅不認識費維茲／布絲，甚至也不清楚發生了什麼事。他們只知道有變裝者被殺了。是自己人！所以必須有所行動。我越來越懷疑她們提供的具體資訊的可信度。

我走近其中一人。

「請節哀。你認識她嗎？」我問道。

她抽一下鼻涕，淚水混著睫毛膏流下。不容置疑的男中音，因習慣用假音而改變，用濃厚的東部口音問我爲什麼問起。「她死了。他們殺了她。這還不夠嗎？」

「我跟她挺熟，」我說，「我們在同一家夜店上班。」沒必要提起我擁有的股份，或小姐們都把我當老闆。

「嗯……」是唯一的回應。她又抽抽鼻子。我等著。我察覺可能有突破。她似乎知道什麼。

我用最充滿情感的口氣繼續說，「我好喜歡布絲。我們的交情很好。」

她停止抽泣上下打量我。她看到的我身穿男裝，連一件首飾也沒有。我看起來太男性化不像是布絲的知心好友。

我決心誘導她，裝模作樣地補充，「別在意我現在穿的衣服。我是自己人。就像布絲。」

她繼續打量我。打斷我之後，她追問：

「你是個小姐，或只是男同志？」

呃，我都是啊！

「喔，我在晚上完全不一樣。為了喪禮才穿成這樣。」

突然，粗俗的歌努兒發出難以理解的哭聲出現了。

「啊，妹子，」她擁抱我，「世界上沒什麼比忠實的朋友更好了。」

我被包在令人窒息的熊抱中。她身上有假香水的怪味。

「歌努兒大姊，妳認識這個人嗎？」

「嗯，當然認識，」歌努兒介紹我們說。

我挽著歌努兒的手臂把她拉開。

「妳認識她嗎？」我問。

「她本名叫費維茲。」

「我知道，」我說，「她還有個母親……不知道有沒有人通知她。」

「妳是說我的莎碧哈阿姨？」對了！瞎眼女士的名字。「我哪知道？」

「在這裡等待沒意義。我們去看看她吧。她可能需要我們。畢竟她看不見。至少費維茲是這麼說的。」

「幹嘛叫她費維茲？她的名字是布絲，」歌努兒指責。

剛才明明是歌努兒在對話中先提起費維茲這個名字。我們小姐的言行根本無法預測，歌努兒更是捉摸不定。她瞪著我。

「我當然知道她叫做布絲。我說費維茲只是因為妳提起了，」我解釋。

「別再叫了。這樣對死者不敬。」

我習慣了歌努兒嘗試改善她的腔調，把她的「a」音全換成「e」音。但我還是需要一點時間才能懂她說什麼。

每個字的最後音節被拉長，像吟詩。每句的結尾也刻意拉高聲調，她還配合側肩轉頭的動作。轉頭加上她自認很酷的眼神，透過瞇眼聳肩傳達出來。一聽見我的聲音，她會把頭轉回來直視我，放鬆肩膀。這一招無疑在鏡子前反覆排練過，以便表演給懂得欣賞的單一觀眾。這招在比較低級啤酒屋的蠢蛋之間無疑也很有魅力。

「好吧，」我說，「咱們去莎碧哈阿姨家。我忘記在哪裡了……」

「大家為什麼對那個可憐的瞎女人有興趣？剛才有一群流氓也問過她住哪裡。」警報，警報！紅色警報！原來我不是唯一來這裡找情報的人。

「妳跟他們說了什麼？」

「他們沒問我，」她說，「我猜我不是他們喜歡的型。除了我誰都被問過。當時還沒這麼擁擠。看看你周圍。這裡擠滿了變裝者。太好了，不是嗎？」

我假裝有興趣，看看四周。她說得對。人越來越多了。新聞口耳相傳，再加上手機。所有聽說的人都跑來了。

「你知道的，現在時候還早。」歌努兒說，「所以沒有顧客，酒吧沒人，一般家庭還佔著街道。小姐們沒別的事做。看看她們！她們正要衝進停屍間裡。別人還以為是葬儀社殺了布絲呢！」她苦笑說。

「不過那些人是誰，爲什麼要找莎碧哈女士？」

她發出豪放低沉的笑聲，向側面轉頭聳肩。

我配合著陪笑。她用眼角觀察我。然後甩甩頭髮，注意力重新回到我身上。

「他們一定是條子之類的。不然那些惡棍爲什麼要見莎碧哈？」

「那他們去哪裡了？」我問道。

「唉唷，我哪知道！幹嘛問這麼多？你有什麼毛病嗎？你該不會是什麼情報員吧？我每次見到你都有一大堆問題。」

「哎呀，還不都是你提起的，」我說，「我們是老交情了不是。」

「打從我認識你，你就是個好奇寶寶。『你知道什麼；你聽說了什麼？』好像最後審判日的考試似的。」

「別傻了，」我斥責她，「如果連你都靠不住，別人會怎樣？你了解我的，我一向喜歡追根究底。」

「老實說我不太喜歡萬事通或愛管閒事的人。他們跟我就是不合。」

「唉唷，我只是想幫忙可憐的老太太。布絲的媽媽，莎碧哈阿姨，可能有危險。殺害女兒的人接下來可能就會找上媽媽。我現在還沒辦法告訴妳所有疑點。昨晚布絲來過我家，其實，是今天凌晨。她說她家被人闖入了。她很害怕。」

歌努兒恐懼又好奇地瞪大眼睛。她的尖叫聲差點刺穿我鼓膜，響徹雲霄。

「誰闖進布絲的家？」

所有人轉過頭來看我們。低沉的鼓譟聲突然靜止。眾人豎起耳朵，全神貫注。歌努兒壓低音量說。

「他們是什麼人？」她又問。

「我不知道，」我坦承，「我正在調查，需要幫忙。我不知道該怎麼辦。偏偏妳只怪我讓妳起雞皮疙瘩。」

「那是眞的啊。我有古怪的預感，」她說，「一旦有這種感覺，沒得商量。結束。Finito。即使我在床上跟卡迪爾．伊納尼爾那樣的帥哥也一樣。我不玩了。說到卡迪爾，我超迷他的。我想他越老越俏。只要他說一聲我馬上就是他的人。我會戴上頭巾匍匐在他腳下。我是說，我會一輩子當他的愛情奴隸，唉。」

歌努兒的法國新小說意識流宛如娜塔莉．薩洛特的手法，讓我頭昏眼花。我立刻修正我對她智力過低的評價。我努力壓抑欣賞的微笑，但是失敗了。

「這裡沒辦法講話。妳想去喝杯茶聊聊天嗎？我眞的需要妳幫忙。」

她還在打量持續膨脹中的人群。似乎不太願意錯過好戲——或許還以爲能演個主角呢。但我沒時間讓她猶豫。我抓住她的手臂說，「走吧。我會跟妳解釋一切。」

# 7

我們一坐進計程車，我就把歌努兒必須知道的告訴她。前座的胡笙默默聽著，所以也完全掌握了狀況。其實，在接近尾聲時他還插嘴告訴歌努兒他找我的時候如何在店門外發現驚慌的布絲，然後帶她到我家。他又用他最受傷的男性語氣補充說，我拒絕了他好意幫忙，甚至不讓他進門。他馬上找到了安慰。歌努兒大姊跳出來幫他說話：

「這麼可靠的年輕人。他幫不上忙嗎？當然他會派上用場。我是說眞的。」

胡笙沉溺在讚美中。歌努兒的譴責顯然被解讀爲給他權利繼續批評我。

「這才像話嘛！」他宣稱。對我猥褻地眨眼。

等我們辦完正事之後一定要好好教訓胡笙這傢伙才行。就在大庭廣眾，大馬路上，讓他狠狠出醜。

歌努兒完全忘了我們的當務之急，專心看著胡笙。

「你是哪裡人？」

「伊斯坦堡，」胡笙說，「全家都是伊斯坦堡人，歐亞兩邊。」

「伊斯坦堡人眞文雅。他們最喜歡在床上來點女性化的花招了。」

我懷疑歌努兒用怎樣的比較法達成這個任性的結論。

歌努兒轉向我。「他真是雄赳赳氣昂昂的男人，哎呀。光他的熱情就足以感動任何女人。真男人沒時間扭扭捏捏。他們不等待。絕不。別人會爭奪他們！」

從註冊商標的側向傻笑看來，歌努兒喜歡她所看到的胡笙。她在宣示除非我對他有意思，人人可以追他。

「夏天晚上夠熱了，」我說，「有時我連自己的皮膚都無法忍受。」

胡笙可不會放過這機會。

「我們可以幫你冷靜，」他斜眼說，狗臉的傻笑又回來了。

太無禮了！我真的受夠了。無視於我們正在瓦坦大道呼嘯而過的事實，我出手在他後頸靠近左耳處猛劈一下。他一定看到了滿天星。從他嘴裡噴出一個怪異的叫聲。但是——我真的不得不這麼做——他若無其事地繼續開車。

「太可恥了，」他說，「打從昨晚，我就放下工作載你跑來跑去。看看我的下場。那是笑話。我了解。你說我不是你的型。OK。我們在車上獨處了三小時，你一句話也沒跟我說過，那也沒關係。但至少別打我！有什麼大不了？我喜歡你，那又怎樣？」

「他說得對，」歌努兒又幫他說話了，「你看看那黑眼睛。那眉毛。他還年輕。他很帥。真是個猛男。」

「好啦，好啦，我道歉。你也知道我有多緊張。我們得趕快。你一對我流口水我就會發火。」

在我們已經變成好友的錯誤幻覺下，歌努兒戲謔地捏我一把，彷彿在說「這樣才對」。

我後悔這樣的行為。我擠出微笑。她戳我，像在暗示「保持下去」。

「說清楚我們要去哪裡，讓胡笙可以盡快趕到，」我只回答。

歌努兒愚蠢地盯著我，顯然不太高興遊戲的樂趣已經結束，說，「可是你邀我來的。我以為我們要去喝茶。應該不是由我告訴胡笙去哪裡。」

胡笙抓住機會。「算了大姊；我們去布絲女士的母親家吧，管她叫什麼名字。」

「你叫誰『大姊』啊，」歌努兒反駁，準備狠狠修理胡笙。

「莎碧哈，」我插嘴。

「可是很遠喔！」歌努兒抱怨，「我們先吃點東西吧？我連晚餐都沒吃。我太傷心忘了這回事。直接就衝出門了。」

她回頭看看自己肩膀，彷彿第一次看到似的。

「而且我的衣服全錯了。你看我的鞋子又破又舊。」

胡笙繼續開車經過瓦坦大道和米雷大道之間的圓環。

我抓住她的手，穩定但輕柔地捏著。「呃，我們得趕快，不然那個無辜老太太可能發生不測。事情過後，我保證請妳出來吃飯。」

「但是到時候不是很晚了嗎？」

歌努兒的腦細胞顯然有一大部分正在惰性休眠狀態。

「怎麼會太晚？Etap飯店開到午夜過後，直到凌晨兩點。」

「可是他們不會讓我進去。」

「你愛去哪裡我們就去哪裡。快點，告訴我們地址。」

我捏她的手。這次會痛。她發現狀況的嚴重性之後瞪大眼睛。

「欸！會痛耶，妹子。還有你的手啊，怎麼會這麼壯……下個路口右轉。往柯卡穆斯塔法帕沙區。」

我們橫切過三個車道，勉強轉過彎。一路鑽過越來越窄的道路，十分鐘後就到了。空氣中瀰漫刺鼻的煙霧。白天陽台上的烤肉宴會造成了一股惡臭。

我們把車停在一棟破舊的六〇年代風格四層樓公寓門口。擁擠的走道有消毒水跟尿騷味。歌努兒竊笑，彷彿臭味讓人想笑。人類腦細胞分分秒秒都在死亡是科學已知的事實，但歌努兒在這場賽跑中領先群倫。至少這是確定的。

每層樓有三戶。走廊牆壁及肩高度漆上了乳棕色。油漆已經在剝落。

胡笙受到歌努兒的注意力鼓舞，自認是平起平坐的搭檔，跟著我們，留在一層樓後方。如果專心的話，我走路可以把擺臀幅度減到最小。我一點兒也不打算招待胡笙欣賞我扭屁股。我用堅定──甚至男子氣概──的步伐帶路。反正，連我都很難穿著運動鞋擺臀。

我們按了唯一門外沒有堆著髒鞋的門鈴。沒人拿走莎碧哈門外的鞋子。沒有訪客來致哀。我們等著。然後又按一次門鈴。繼續等待。同時，鞋堆山後面有扇門稍微打開了一點，頂著醜陋捲髮的五歲女童探出頭來。她專注地看著我們，我們也看著她。

烹飪的味道從半開的門縫傳了出來。

胡笙彆扭地微笑。我伸出手在門上猛敲一下。或許瞎眼老太太也有點重聽。也可能她睡著了。或她在看電視沒聽見門鈴響。我停了一下猜想盲人會不會看電視。

小女孩把胡笙的微笑解讀爲善意，開口了。

「她不在家。」羞怯的小腦袋縮回門裡。門關上。如果小孩子都知道莎碧哈不在家，她父母很可能知道她去哪裡。我們走過去按門鈴。門馬上打開了。裡面站著一個年約三十的健壯婦人。臉頰紅潤看起來很開朗，跟她女兒完全不同。她的目光輪流打量我與胡笙，然後歌努兒。

「有何貴幹？」

「我們在找莎碧哈女士。令嬡剛剛說她不在家。我們猜想您或許知道她在哪裡。」

「我不曉得，」她回答，仍然望著我們，大臉上掛著同樣的微笑。

「我——我是說我們——是她兒子費維茲的朋友，」我解釋，「我們有急事必須見她。」

「你是說她女兒費維茲吧。」她的笑容變得有點嘲諷，「他變女人了。改名叫布絲。我們小時候還是玩伴呢。」

「所以妳是布絲的童年朋友？眞好。」

她知道布絲死了嗎？我眞的應該告訴她嗎？

「莎碧哈女士不常出門。如果她不在，就是來找我們，或樓上的鄰居。就這樣。其餘的都是租屋客。我們是老住戶。這房子是我媽的。我老公來跟我們住。」天啊。我們才認識五分鐘，我已經淹沒在不需要的細節裡了。

「不如你上去看看七號住戶吧？如果她不在，就過來。我剛泡了一壺新茶。我們還有冰涼的西瓜。我老公買的。大家一起吃吧。」

我謝過她之後往樓上走。走到平台時她的聲音從下方傳過來：「我等你們。記得過來啊。」

七號公寓的門虛掩著。我還是按了門鈴。裡面有響亮的電視聲音，但是沒人來應門。「晚安，」我推開房門走進去說。他們跟著我進去。我有危險的預感。我站在門口附近聞到一股強烈的氣味。公寓很暗，只有閃爍的電視光線照亮。大概是看電視時關燈省電的方法吧。我小心地走到聲音來源。在放滿舊椅子的暗室中央，我看到她了。即使在陰暗中，她額頭中心的圓孔絕對不會看錯。她的頭往後仰，已經死了。

# 8

擺明是謀殺案。老太太們額頭中槍癱在扶手椅上並不常見。

「她死了？」胡笙問。我點頭表示「對」。歌努兒的哀嚎聲很陽剛。

「他們也找到她了，」我說。

「這下我們麻煩大了，」胡笙嘆道，臉色像床單一樣白。

我們有兩個選擇：通知警方，或者開溜。單純跑掉似乎不是聰明的做法。樓下開朗的女士看過我們。進門之後我還摸過幾樣東西。總會有些指紋是我們的。我確實想過警方其實懶得採指紋，但還是小心為妙。而且有什麼好怕的？我們有正當理由在場。我們是來向過世朋友的母親致哀的。在家裡找不到她，就上樓來找，卻發現一具遺體。

我忍不住聽著仍在大聲播出的電視猜謎節目。問題是：最常見的侵入性火成岩是：

（A）花崗岩，（B）流紋岩，（C）玄武岩，（D）安山岩。很容易用消去法找到正確答案

（A）花崗岩。畢竟，這是選項中唯一的侵入性岩石。當然，參賽者被迫用了她的鬼牌。

歌努兒的聲音把我喚回了現實狀況：

「大姊，這女人是誰？」

不就是莎碧哈女士嗎？或許不是。我不可能知道。我轉向歌努兒，面露疑惑。歌努兒爽

快地回答。

「這不是莎碧哈。」

參賽者用了消去兩個可能選項的權利。流紋岩和安山岩從螢幕上被抹消。我也想出了自己眼前問題的可能答案。（A）這是不相干的謀殺，（B）我們面對的是個準備消滅所有擋路者的連續殺人狂，（C）這個女人，不論她是誰，被誤認為莎碧哈女士而遭到殺害，（D）這些信件和照片為什麼值得為它殺人呢？當然，應該立即消去的反應是D。

胡笙一手放到我肩上。「我們最好離開。」

我禮貌但堅定地拿開他裝熟的手。「不行，」我說。

為了他們好，我用清晰的聲音總結狀況：通報警方就表示必須被帶到警察局，在那裡待上一整晚；歌努兒很可能會被虐待，還會被送去公立的性病診所；至於胡笙會怎樣很難說。

參賽者堅持「玄武岩」，馬上被淘汰了。

屍體還有餘溫。死亡時間不久前。幕後兇手是誰？勒索材料嚴重到足以冷血殺人嗎？我該怎麼找出他的身分？莎碧哈女士本人在哪裡？還有，那些信件和照片的下落呢？

目前可以放心假設莎碧哈女士還活著。我再次回想各種可能。最後，我決定諮詢在場人：

「聽著，」我說，「如果這女人不是莎碧哈女士，我們仍然必須找到她——意思是，我們還是得找到信件和照片。」

「咱們先離開這兒吧。我不喜歡條子，」歌努兒說。

她說得對。我也不喜歡。我猜胡笙對他們也沒有好感。計程車司機是警察眼中的軟柿子，是最容易被開罰單、霸凌捉弄的代罪羔羊。

「那麼，先搽掉曾經來過的痕跡然後快溜吧！」

我不得不誇獎胡笙，或許他沒有那麼笨。

我們把現場回復原始狀態後，慢慢把門拉到虛掩，就像我們剛來的時候。就像倒轉的影片。爲了假裝我們沒有看見剛死的屍體，宣稱我們沒有看到、聽到或得知任何事情，首先我們必須在開朗太太家露個面。然後逃離現場才算明智。真的，我們最不想要的就是被押到派出所，然後在警察局的刑事組被偵訊。

我默默考慮強行闖入莎碧哈女士的公寓，徹底搜索費維茲的舊臥室找出照片的可能性。我忍住衝動，停在鞋堆前，按門鈴。門立刻打開。似乎這家人至少隨時有一人在門口站崗。

這次，是「一家之主」。他是即使在家也打領帶的人，最近這種景象很少見了。領子還扣了鈕扣。跟妻子一樣，這位老公也表現得很大方。他的反應看上去好像一直在等待，如今終於等到了親密的老友。

「歡迎……請進。」

蘋果臉老婆無疑把我們的事告訴了老公。他已經準備好迎接我們。

「恐怕沒辦法，不過還是很謝謝你們，」我禮貌地婉拒，「我們在找莎碧哈女士。尊夫人建議我們去找七號。」

因爲怕我說溜嘴，胡笙打斷我。「沒人在家。我們按門鈴，但是沒人開門。」

老公臉上的笑容僵住，顯得很驚訝。

「怪了。不可能啊。哈米葉女士從來不關門的。她有重聽。她總是讓門開著以防沒聽見門鈴聲。推一下直接進去就可以了。」

大禍就要臨頭了。這下他會決定陪我們上樓去證明門確實開了條縫，屍體會被發現，我們都會被帶到警察局去。不行，我不能讓這種事發生。

他用迅速流暢的動作，脫掉穿白襪的腳上那雙人造皮家用拖鞋，套上放在門口的鞋子。胡笙抓住他的手臂。

「等等，大哥，不用麻煩了……」

「啊，哪有什麼『麻煩』？爬一層樓而已。」他往家裡大喊：「艾努兒，我帶客人去哈米葉太太家。馬上回來。」

他話還沒說完，小女兒出現在他雙腿之間，牽著他的手。要不是我和胡笙站在他面前擋住去路，還有像一道磚牆似的歌努兒在我們背後支援，靈活的一家之主早就上樓了。

胡笙摸摸小女孩的頭，她仍然抓著父親的手往胡笙的方向發出活潑調情的目光。

「妳好，眞可愛啊？妳叫什麼名字？」

她忽然害羞起來，躲到爸爸的雙腿後面。

「快啊，賽姬，告訴他妳叫什麼名字。」

我有股強烈慾望想要忘掉迄今看到的景象逃得越遠越好。我鄙視中產階級家庭。我畢生奮鬥只爲了盡量遠離他們。他們令人窒息。但我卻在這裡，快要絕望地跟他們糾纏不清了。

「我想我們該告辭了，」我只說。

歌努兒已經轉身，準備逃下樓梯。我對領帶男士伸出一隻手。這時候，微笑的紅臉妻子大聲傳來輕快的聲音。

「哎呀，你們不能走啊。我不管。茶壺都準備好了。」

「我們眞的沒空。或許改天吧。」

領帶男退後換回他的拖鞋，開始拉我手臂。

「來吧，請進……我們喝杯茶。然後你們就可以走。誰曉得呢，莎碧哈女士或許快回來了。」

他說的話不無道理。前提是如果莎碧哈沒死，也沒被抓走當人質的話。

「車子停在紅線上。會被拖走的。我們眞的不能耽擱了。」

胡笙最多只能想到這招。「不會啦……不可能。我們這條街從來不拖吊的，」主人安撫他。歌努兒的臉壓得更低。我們只好脫下鞋子排在門口。歌努兒俯身耳語：「他們會看出我的性別，對吧？」

他們當然看得出來。即使太空超人穿上女裝演喜劇都比他像女人。

「有可能。至少會有點懷疑，」我告訴她。

「那我不去了。」

在門口這樣耳語夠失禮了。我抓住她手臂推她進去。「別說話，或許他們看不出來。」

# 9

即使是我指示歌努兒不斷說話，她也不會說得更溜了。從我們在沙發與扶手椅的破舊布套上坐定，歌努兒就自我指定為團體發言人。天氣越來越熱了；伊斯坦堡可能又要發生另一場地震，如果發生自然災害，中心與程度會有多高；如何挑選最多汁的西瓜；下個球季哪支足球隊應該徵召哪個球員；一點肉桂加少許丁香如何把現磨咖啡豆變成美食體驗：她在毫不相干的話題之間跳躍。

我聽著，但是忘不掉樓上的屍體。我們的粗心害得自己跟這家人困在一起，彷彿是戲院的中場休息，喝著茶。

趁我們同時喝茶中抓住沉默的時機，紅頰太太用土耳其老電影中的濃厚伊斯坦堡口音問道：

「妳們都跟費維茲一樣變成女人了，對吧？」

起初我不確定這個問題是否針對我，還有可憐的歌努兒，她顯得很不高興。但是容我請問，哪個正經的土耳其婦女會在乎明年的足球員異動呢？

「我名叫歌努兒，」她宣稱，似乎就是在回答問題。

「所以，妳動過手術了？」

歌努兒轉頭看我，無助又驚愕。胡笙拼命躲在水晶茶杯後面，給客人專用的那種。修長鬱金香形狀的杯子幾乎完全被他的大手遮住。我發現他的手挺乾淨的，指甲也有修剪。

老公發覺我們的彆扭，好心地插嘴：「現在不好，艾努兒。在孩子面前……」

沒錯！小女孩在場。從我們來了以後，她一直蹲在胡笙對面，瞪大眼睛看著他。

「有什麼大不了？這都是現實的一部分。寧可她在家裡而不是外面的街頭知道。」

我以前知道並鄙視的中產階級家庭的結構，似乎在我極力迴避的期間發生了重大的改變。

「但是這幾位先生是來看莎碧哈女士的。」

對，「先生」。就是指我、胡笙和歌努兒。

「呃……我想是吧……那麼費維茲小姐怎樣了？後來她變得很忘恩負義。她回來看母親時從來不找我們。我們還以為她會來喝杯咖啡，或許帶條巧克力給我們女兒。你說是不是？我說過了，我們是一塊長大的。當年我就知道她會與眾不同。即使是小男孩，她都穿她母親的鞋子，擦她的指甲油。她母親跟大家說這樣子她才不會咬指甲。在小學的時候啊……」

胖臉頰女士沉溺在回憶中。要是她知道我們頭頂上有具屍體，我猜她就不會這樣猛聊天了。當然，她不知道每拖延一分一秒就讓對面的盲眼太太更接近同樣的惡運。

我們聽見令人血液凝結的慘叫聲，全都從座位上跳起來。賽姬跑向門口；她父親衝到窗邊。紅頰婦人歉疚地微笑，彷彿在說，我正舒服地坐在這兒跟稀客聊天呢，怎麼會有人鬼叫？

有人用力敲門。全家人帶路，我們都跑到門口。

一個胖女子站在門外，很年輕臉上有青春痘。要不是她臉上抹了太多無用的護膚乳，就是……

「艾努兒大姊！哈米葉阿姨死了！中槍！就在額頭中央！」

原來臉色脹紅是因爲她看見了屍體。

「我叔叔的親戚送了我們一些乾桑椹。我媽跟我一起分送給鄰居。但是有人殺了她！在額頭開槍！」

這下無法避開警方了。此時告退已經太遲。雖然有點無恥，我們還是告辭求去。

一家之主顯然是法律行業，建議我們別捲入這檔事。這是我一整天下來聽到最好的主意。他們都很單純，毫不懷疑我們。我眞想雙手擁抱他，但他老婆可能會誤會。

警車警笛聲逼近公寓大樓時，我們已經坐上胡笙停在附近陰暗荒廢大樓前的計程車。我們離開，同時檢討我們的選項。

即使找不到莎碧哈女士，我們還是必須潛入費維茲／布絲的舊臥室。在警方控制大樓期間嘗試這麼做太冒險了。所以，我們排除這個可能性。

同一棟大樓裡兩名樓上樓下的老太太被謀殺不可能只是巧合。絕對不可能。如果兇手誤認樓上的女士是莎碧哈女士，我們就有比較多時間找到信件和照片。如果莎碧哈女士已經落入他們手中，一切又會不同。或許她上樓去看鄰居時被綁架了。鄰居被殺，她又被綁架。若是如此，我們其實沒什麼辦法。

「我們上哪兒去?」胡笙問。

「別忘了Etap飯店。你答應過請吃飯的。」

眞不敢相信歌努兒有辦法在這種時候想到她的胃。我生氣的時候，經常會直呼小姐們的男性本名。

「梅廷，現在眞不是時候……」

「這次你休想推托掉。你答應過了。你們這些上流人士總是食言。你們全都一毛不拔。」

彷彿狀況還不夠緊張，我還得應付這檔事。

「好吧，」我說，「我請客。你們兩個去吃吧。我還有事要辦，但我會買單。」

胡笙猛踩剎車掉頭。

「不行!太靠近我們的社區了。」

「什麼意思?你覺得歌努兒很丟臉嗎?」我裝無辜問。胡笙毫不忌諱公然勾引我。他沒有理由不能被看到跟歌努兒在一起。只是需要一點勇氣罷了。

「我眞是受夠了，」他說，「你們想去哪裡吃飯就去哪裡。我不在乎。別把我扯進去。懂嗎?」

「呃……你怎麼了?我有什麼不對?哼，沒禮貌!」

「好吧……冷靜點，」我說，「歌努兒，親愛的，我們眼前狀況危急，而且沒多少時間處理。妳了解的，對吧?」

「我又不笨。有什麼不能了解的?」

「所以，我請妳一餐，但是別指望我一起去。然後妳可以去忙自己的事或者跟我會合。」

歌努兒臉上露出慍色同時嘟起她的下唇。「如果我自己去一定進不了門。」

一方面，我感到強烈的同情與同志的尊嚴；另一方面，我對她還是很生氣。

「那麼，我們改天再去。我說話算話。」

「天啊，我知道你想幹嘛。你反悔了。你們娘砲就是這樣。」

因爲她自認是完整的女人，「娘砲」這個字眼在她心目中已是強烈的羞辱。

胡笙撲向後座，抓住她的衣領。「老兄，嘴巴放乾淨點！」

「放開她，」我說，「我可以保護自己。」

衣領被放開後，歌努兒立刻恢復。「那好吧，今晚不去了。但是你答應過。我不會忘記。現在就說好日期吧。」

我眞想把她撕成碎片，但是忍下來。「我給妳我的電話號碼。下週打電話來。或者來店裡。我們在店裡會合。」

「但是我不去塔克辛和艾提勒那些地方。我通常在阿克薩雷、巴席拉……有時候在托普卡皮區找到我。妳知道的。」

「好。拿著，我的號碼。」

「要寫眞的號碼。別跟那些男人一樣。」

我暗自竊笑。但我寫下了店裡的號碼。

她拿走紙條時問道：「對了大姊，妳的名字叫什麼？」

我只搖搖頭。

歌努兒在阿克薩雷區下了車。

我們繼續駛向恩卡帕尼，照後鏡中的胡笙又往我發出譴責的目光。他看我的樣子彷彿要求我解釋怎麼會扯上歌努兒。我忽然想起要查看計程車計費表。一定要花不少錢。計費表沒開。

「計費表怎麼關掉了。」

「我從來不開的。」

「爲什麼？你總得餬口吧。」

「如今你這樣對待我，我很後悔沒開。但是來不及了。覺得付多少才公平就多少吧。反正你又不需要我幫忙。我們算不上夥伴什麼的。電影裡的偵探才是眞正的夥伴；他們同心協力。我們不是。」

要我支付「公平」車資的提議有兩種意義：不用付——那就得用別的形式補償——或者估計確實金額再稍加一點。

「我才剛捲入這件事，笨得以爲我們會像電影裡的偵探。你知道的，像布魯斯威利那個電視影集，還有那個有點像你的女人。你負責講漂亮的話，而我……呃，隨便啦……但是你太冷酷做不到。」

提起西碧兒雪佛就完全離題了。但我還是決定拉攏他。

「對不起……我有點迷糊了。我無意羞辱你。如果你覺得被冒犯了我很抱歉。」

「你以爲道個歉就能解決一切。傷我的心，羞辱我，然後隨便道個歉都沒事了。想得美。」

「那你還要我怎樣？」

抬眼的犬顏又回來了。「讓我暖化你的心。」

我呻吟一聲。「你就是學不乖，對吧？」

回家的剩餘路程我們沒再說話。我下車時，發現身上的現金不夠。

「我明天再付你錢可以嗎？」

「你怎麼會說這種話？你不用付我錢。但如果你能給我一杯冷飲喝我也不會拒絕。善意的表示。」

我當他的面甩上車門。

如果他是別人我會讓他如願以償。但是這小子有點古怪。我再怎麼生氣，他還是拐彎抹角跟我示愛。

無論什麼方法，都不足以克服我的矜持。我一點兒也不用猶豫。

# 10

我又回到起點了。我們浪費了很多時間去蘇埃第耶區想找索菲亞，又太晚趕到莎碧哈女士家。要不是哈山 無法找到索菲亞家，就是她眞的不在家。無論哪種情況，我們現在都面臨一具新屍體。我知道了布絲母親的住所位置，但是位於現在被封鎖的犯罪現場樓下，那兒無疑會擠滿警察。我們認識肥胖鄰居之後，要偷溜進大樓裡只會更加困難。

警方勢必很難把兩件命案聯想在一起。意思是，如果有關聯的話。或許眞的是毫不相關的殺人案，兩者發生在同樣的地址。我的直覺——我不是永遠相信直覺——認爲這不是巧合。

我推敲在小說或電影中事態會怎麼演變。有危險的人一定會把兇手想要的東西盡量藏在最安全的地方。我腦中忽然響起鐘聲、門鈴聲，甚至救火車警笛聲：布絲或許把信件和照片藏在我家裡了！也許她跟胡笙半夜上門，趁我睡覺時偷塞在什麼地方。

我開始搜索客房。我不確定我在找的是什麼明確的東西。我懷疑是個信封。我不知道大小。可能有很多種。厚度呢？也不清楚。無論如何，我要找的東西可能在床底下、在畫框背後或者——電影最常演的——用膠帶貼在抽屜底下。

搜索花了不少時間。我把全部東西都翻遍了。莎蒂女士來打掃的時候一定會抓狂。我尋找失落的文件時，發現很多我以爲早已遺失的東西。有的很懷舊，例如我的第一件女性內衣，也有的很搞笑，例如曾經珍藏的信件、卡片和照片。

我累得放棄了。什麼也沒發現。顯然，布絲跟我不讀同樣的書，不看同樣的電影。她沒把信件和照片藏在我家。我收好發現的所有懷舊物品，準備晚點再分類。

我暫時拋開關於布絲的念頭，決定更衣準備迎接晚上。店裡會爆滿。可能有些小姐會知道有用的資訊。如果幸運，甚至可能有人知道誰對那批文件有興趣。

我進行日常的洗澡－刮鬍－化妝儀式。只有一個差異：雖然我努力忘記布絲，還是只能想到她。寄出那些信件、合拍照片的人絕對是個大人物。他是個藏鏡人。我猜想有很多名流、權力掮客和政客跟布絲有過一腿。首先我看到他們拍的浪漫合照，然後變成色情照。布絲的胸部是最美妙的飛彈型隆乳而且——至少她是這麼說——還有根大老二。我腦中閃現愉悅歡笑的名人臉孔、隆起的巨乳與巨大陰莖，很快我就打扮好了。每當我有心事，尤其像這種複雜主題，我會放棄巨星華服，改用簡單的造型。這或許是對危險的本能反應，避免引人注目的方式。

我擠進一件緊身長袖肉色的衣服裡。再套上開叉到腰部的長裙，膚色的蕾絲褲襪。搭上一條粗絲線蜂蜜色的披肩，搞定。

我打到車行叫計程車，指定不要派胡笙來。我不想被他的調情干擾。反正，他們也說他剛好不在。

我走出門口時電話響了。我有答錄機。在正常情況下，我會繼續出門，來電者可以留言。但現在不是正常時期。我打開門鎖衝向電話，同時我的答錄機播到了「……會盡快回電，謝謝」。

我猶豫該拿起話筒還是等對方出聲。有個男性聲音清清喉嚨。沒留言就掛斷了。

# 11

肯尼在店門口用狼嚎聲迎接我。

「老闆，老樣子，您眞是美呆了。上衣眞漂亮，跟絲襪很搭。」

男人都是一副德性，對吧？眞正的男人不會欣賞女士的服裝。他們感興趣的是衣服裡面的東西。

雖然時候還早，店裡幾乎客滿。我走向吧台，向小姐跟常客們送飛吻。哈山站在吧台後面，在蘇克魯旁邊。他一看到我就猛揮手。我在吧台上俯身湊向他。

宛如美國的中情局幹員透露機密消息，他低聲說「索菲亞來了！」

眞奇怪。我到處找她，她卻決定過來見我，雖然有點遲了。索菲亞退休已經好幾年，至少已不再光顧我們這種夜店。雖然沒人確定她怎麼了，普遍共識是「有個有錢人包養了她」。她每年去伊比薩島、米克諾斯島或紐奧良狂歡節朝聖的消息總是讓我們的小圈子驚訝不已。她認爲夠格的小姐才會受邀去她家。她們會雀躍地赴約，回來描述她們多麼美妙優雅又奢華地喝酒用餐。他們急切地日日月月年年等待第二次受邀。簡單說，以她的財力、排場與高檔的生活方式，富婆索菲亞簡直麻雀變鳳凰。她就是每個小姐渴望做到的具體榜樣。

她好久不曾屈尊蒞臨我們店裡了。而且，我們雙方都縱放讓一點小誤解演變成大衝突。

日積月累，我們的友誼逐漸枯萎，就像任何沒有用心維護的人際關係。各自認定、別有用心的黨羽，以及中間人傳出的八卦故事，又造成進一步傷害。有時候我們雙方都有理，有時也理虧。

顧及情境，索菲亞來到我店裡確實很怪。

另一件怪事是我的Virgin Mary沒有送過來。也沒看到任何人正在調酒。

我開始用兩吋半長從美國買來的金色假指甲敲打吧台，明確表示我的不悅。蘇克魯看我的眼神好像在問怎麼回事。

「我的酒呢……？」

他道歉之後匆忙開始調酒。「送來給我！」我下令，然後穿過人群往回走。

小姐們對於狀況並非完全無知。她們的資訊來源包括電視、哈山和八卦傳聞。他們沒什麼新料可以補充。討論布絲時，他們會壓低音量，但迅速擺脫臉上憂鬱的表情。布絲不是很有人緣。她沒有密友。她不跟人搭檔工作，縱情於團體活動或取悅她不欣賞的男人。我說過了，她有自己的一套原則跟格調。

我太晚才發現吧台對面向我揮手的男士是貝琪絲的老公法魯。他沒跟老婆同行的時候我不太認得出來。

他似乎有點醉。他開始往我這邊擠過來。我現在沒力氣應付他。一個俐落的轉身，我往反方向走。

索菲亞那桌聚集了不少人。我加入他們。我一出現，人潮分開，甚至陷入沉默。我跟索菲亞四目交投。氣氛明顯緊繃，宛如電影場景。首先，我們交換眼色。紋風不動。眾人也屛息看著。我們互相打量，沉迷在過程中。天啊，她美呆了。眞是引人注目。她穿著深綠絲綢、細肩帶背心，上衣襯托出她的眼睛。隆乳效果好到極點。如同服裝，她也花了很多時間在美容院精心打理她的頭髮。同樣地，她的皮膚也白得出奇。好像瓷器。簡單說，她簡直像從時尚雜誌裡走出來的模特兒。身爲女主人，我有責任開啟對話。

「你好，索菲亞……眞高興看到妳大駕光臨。」我的語氣虛僞至極。我聲音乾澀到連自己都很驚訝。

「親愛的……」她低聲說。她嘴唇稍微噘起，呈接吻狀，雪白的牙齒閃閃發亮，往我的方向伸出雙手。

我們的沙發椅非常舒適，但是很低矮。一旦坐進去，要用優雅的動作站起來可不容易。索菲亞是聰明人。她根本不嘗試。她伸出雙臂等著我。我緩緩走向她，屈膝俯身迎向她的擁抱。我們只在彼此肩膀上虛吻避免脫妝。擁抱典禮結束。緊張感消失；眾人都鬆了一口氣。竟然還有人鼓掌！爲了滿足觀眾，我們轉向四面八方露出感激的微笑。

「我們同感悲痛，」她說。

看來上次見面之後，索菲亞研發出了絕不完全閉嘴的招式。無論她說什麼，或看哪裡，看起來都好像在送飛吻。

我在她耳邊低語，「等妳有空的時候，我有事跟妳談……」

「現在吧！」她說，把全身重量壓在我身上站了起來。我差點站不穩腳步。索菲亞很漂亮，又比我嬌小得多。她抓住我的手。像兩個傲慢女王在一場無謂的苦戰中殺害了彼此的臣民，然後決定和解，我們手牽手漫步走向通往我辦公室的樓梯。

「我們得到外面去談。不能在這裡，」她說。她有種妙法正確地發出每個音節，如同國家劇院裡的女星。

「爲什麼？」我問道。語氣還是很僵。

「你不知道這有多危險。很多事你不知道。」因爲在法國待過幾年，她養成了 r 音稍微捲舌的習慣。無疑地她認爲這樣很性感。

我臉上的表情一定像個愚蠢仰慕者。

「哈山全告訴我了。你們來過我家。我不在。但是我聽說了。我很難過。當然是爲了布絲。然後我想到，這很嚴重。但是不需要驚慌。又或許應該驚慌。看你的觀點而定。所以我出門來見你。」

雖然不容易理解，但是話說得很漂亮。而且她什麼也沒透露。她說話時，眼睛睜大又瞇起。每個字似乎都懸宕著重要含意。即使字裡行間的停頓都很動人。

「布絲告訴了你什麼？」我問。

「重要的是她告訴過你什麼。」

不出所料。我們又卯上了。

索菲亞伸手到小提包裡，表現出顯然必須全神貫注的極度敏感，拿出一包細長的 More 香菸。她用精緻的珠寶打火機點了菸，然後盯著我。

「我在等呢。說吧。」

沒有比讓別人像英國皇族作勢擺譜更令我火大的了。索菲亞踩到了我的地雷。

「那天凌晨她來找我，不是你，」我開口。

「沒錯。所以你知道得比較多。全告訴我吧。」

我決定不再拖拖拉拉。想快速得到結論，最踏實的方法就是拼湊彼此知道的訊息。我開始敘述一切發生的經過。我故意不提鄰居樓上的屍體。她很專心聽，一動也不動。她的菸尾巴逐漸變成菸灰。燒到一半的時候，我住口。

「比我想像的更糟糕，」她說。

她想了一下。至少是假裝思考。然後她瞇著眼睛說：

「聽好，情況比你能夠理解的更敏感更複雜。很多事情你不曉得。根據你告訴我的，情況開始變危險了。命案之後更加危險。意思是我也有風險。其實，你也是。或許還沒有……但是快了。」

她擺出誇張的儀態，在座位上稍微變換姿勢。她抬高下巴，往天花板呼出一團煙。彷彿她想要告訴我什麼。但是我看不出什麼。我忽然覺得有點洩氣。

「我還是什麼也不了解。」

「我沒指望你了解。」她用更加誇張的手勢，雙手在空中柔和地擺動，好像在說，這些對你都沒有意義；讓我自己處理我的麻煩吧。「如果你努力有點耐性，理解我們面對的狀況……」

她似乎透露很多，同時又什麼都沒說——同時還能順便羞辱我，眞是太神奇了。我回想以前有這種感覺的時候。索菲亞都在場。

「那麼照片裡的人是誰？信件裡寫了什麼？你至少知道這些吧？」

她的眼神變了，好像在反駁：你怎麼會問我這麼荒謬的問題？

「我是說，你或許看過照片。又或許布絲告訴過你。」

沉默。緊繃。期待。全部！她全表現出來了。

「聽著，」她說，再次瞇起眼睛，「我知道他是誰。現在告訴你絕對是個錯誤。他不是普通人。」

「哎呀，到底是誰？總統嗎？總理，或是美國總統？」

虛僞的笑聲讓我住口。好像洋娃娃的聲音。索菲亞臉上表情絲毫不動，就能發出各種聲音。

「你好天眞。」

我就知道。我完全理解，他這一切的努力，目標是在混淆我。她快成功了。

她抽完她的菸。因爲左瞄右看找不到菸灰缸，把菸蒂扔到地上再優雅地用右腳跟扭轉踩熄。她起身，撩起長裙，開始往下走回店裡。幾步之後她轉身，瞪大眼睛給我這頑皮小孩一個忠告：

「勒索。大手筆。很危險。極度危險。最好小心點。這需要團隊合作。」

她又瞇起眼睛打量我。把一根手指放在我鼻尖上。

「我喜歡你，」她撒嬌說，「即使如此，」她頓了一拍然後繼續說，「聽我勸。別管這檔事。」

她轉身，翩然離去。

# 12

直到稍晚，我喝了幾杯之後，才能夠開始消化索菲亞說的話。乍看之初不可能解讀她的肢體語言和敘事風格。索菲亞早已精通扮演神秘女人的藝術。

我不知道該不該羨慕她這項技能。但這值得深思。

索菲亞完全唬得我團團轉。我累壞了，直到打烊時間都無法繼續動腦。雪上加霜的是，貝琪絲的老公法魯還在店裡，翻著白眼，醉得無法說話，卻又不願閉嘴。他完全利用了我們給朋友的折扣。

「但是這很重要，」他堅稱，「我必須單獨跟你說。你是唯一能夠處理的人。」他講話時目光無法聚焦在我身上。汗濕的雙手抓著我手臂。人人知道他對我們的小姐有意思。我很清楚如果他趁貝琪絲不在時偷追小姐她會有多嫉妒，便把他交給肯尼，他被抬上計程車送回家去。

我需要更多酒精。因爲原則上我在店裡不喝酒，所以打道回府。我不是嗜酒的人，但是備有一瓶 Absolute 伏特加跟精選葡萄酒應付我很需要喝一杯的時候。葡萄酒不夠看。我開了伏特加。

我把稍早搜索家裡的收穫攤開在面前。一堆小山分門別類，沉溺在回憶中，同時也迷失在Absolute的冰涼感。

第五杯下肚，我早已殘破的神智完全混亂了。這是好跡象。我拿出在中學時代辛苦製作的筆記簿。我把美女跟猛男照片貼上每一頁。都是從我偷買的《花花女郎》雜誌剪下來的有碼照片。到了第七杯，我的心智變得透明清澈。看到筆記簿就想起打過我一巴掌痛得要命的國文老師。我還記得她的名字和長相，甚至她常穿的那件反覆燙到發亮的卡其色裙子。我想起第一個睡過的男人……至於我的第一件晚禮服：眞難看。

我翻閱一本舊護照，裡面每頁都蓋了「作廢」戳章。我仍然清清楚楚地記得在巴黎小酒館登台的每一刻。我戴著很像索菲亞現在髮型的假髮。我的化妝完美無瑕；但是演出一場糊塗。當時流行播放暢銷名曲對嘴，模仿原唱女星的每一個動作。觀眾們只想要哄堂大笑。偏偏我穿著最好的行頭，像歌手一樣認眞唱現場。可想而知，效果不好。

索菲亞是眞正的女王。她表演了同志圈兩大天王Dalida與雪兒薇．瓦丹的完美模仿秀。有張桌子保留給專門來看她的客人。此外，我們其餘人沒表演時都得跟客人交際，鼓勵他們買酒請我們，唯獨索菲亞可以待在自己的專用桌。

是索菲亞徵召我的。她來波德倫度假時跟我認識。當時我年輕、苗條又大膽。我什麼都敢試，急著累積自己的性經驗。索菲亞被我的熱情感動，在她回到巴黎時幫我安排了一家酒館演出。我的舞台生涯只持續了五個晚上——最後一場表演之後，夜店老闆痛罵我一頓把我趕出來。當時我跟索菲亞住，隔天早上輪到她痛罵我了。

「你害我丟臉，」她說，「你羞辱了所有土耳其人。我們在這裡就像大使一樣。看看從突尼西亞和阿爾及利亞來的小姐。她們多團結。還有葡萄牙人……你呢，不僅不適合代表你的國家與土耳其婦女，根本沒資格來這裡。想想我多麼誇獎你。對你期望多高。我甚至大膽猜想改天你會爬到第二把交椅，只在我之下。事與願違……永遠不可能。太失敗了。」

沒錯，我仍然記得這段意外的、經典的愛國訓話中的每一個字——唉，索菲亞身上又有哪個部份能代表土耳其？還是代表土耳其婦女？或者代表我。哪個比較好笑？「土耳其婦女」一詞只會讓人想起國父的母親、小說家 **Halide Edip** 和一九五二年歐洲小姐 **Günseli Başar** 之類的樣板人物。我努力想像自己躋身她們之中，但是做不到。而且她們又不是在某種愛國活動中「團結一致」。

他們叫我立刻收拾包袱盡快滾回土耳其。我完全照辦。

隔天晚上，我最後一次看到索菲亞在台上表演。她對嘴模仿雪兒薇・瓦丹在《像個男人》（*Comme un Garcon*）飾演的年輕人角色。換言之，模仿雪兒薇・瓦丹模仿別人的角色。是正片的負片的正片……諸如此類。或者，左右相反的鏡像反映在第二面鏡子中，又修正回來。而且很好笑。觀眾都大笑不止。每句台詞都搏得如雷掌聲。直到最後，索菲亞的吊帶「意外」脫落，露出蕾絲內褲，全場瘋狂。落幕。她現身謝幕，拉著鬆脫的褲頭。她反覆被叫回台上，扶著褲子踩著小碎步，乾脆露出內褲。她向人群敬禮，高舉雙手，然後假裝害羞，遮住她的胯下。鼓掌。鼓掌。一次接一次安可。最後，她轉身露出她的屁股。在左臀上，有個鮮紅色的唇印。

索菲亞即使在當年也是個神秘人物。我們相處的兩週期間，她經常跟行跡可疑的男人會面，只解釋說「時機太早」不讓我「認識」他們。她又毫不猶豫想把我跟那些男人送作堆，在過程中賺點小錢，但她拒絕告訴我關於他們的任何事情。

我不知道怎麼會想起這麼多陳年往事。我感覺虛弱又憤慨。我溫柔又感傷地回顧年輕時的自己，但是早年天真的回憶讓我痛苦。我眼中突然蓄積著眼淚。我曾經萬分崇拜索菲亞。現在她仍然很令我佩服，或者應該說，令我目眩神迷。但我不想再模仿她了。歲月流逝，我們走上了不同的道路。她的個人風格更加精進；而我也有我的一套。兩人南轅北轍。

可是今晚她成功地唬住了我。根據她所說，勒索行業以高度組織化的方式進行中。無論他們是誰，動機絕不單純。而索菲亞完全深陷其中。她甚至承認自己也嚇到了，暗示著事態無法控制。這表示她只是眾多參與者之一。她還可能只是顆棋子。

我沒辦法從索菲亞身上問出更多內情了。至於小姐們，她們也不會透露她的事。尤其是對我！

伏特加幫助了我漸漸入睡。

# 13

我在異常早的時間醒來。我啜著晨間咖啡，設想今天各種行動方案：（A）見機行事，（B）找辦法搜索莎碧哈女士的家，（C）去見索菲亞；要是聯絡不到，找到她，（D）做些完全無關的事，例如整理亂七八糟的家。

每一項都不吸引我。我瀏覽報紙，希望找新的目標。布絲／費維茲命案只有一欄過時的報導。附帶照片出自她的官方身分證。「費維茲」看來像個害羞的人。我從未看過她這種表情。

柯卡穆斯塔法帕沙區的命案還沒有登上報紙版面。我還看了訃聞版以防萬一。沒什麼值得注意。

沒有小姐會這麼早起床。對夜生活的女士而言，一天的開始最早也是中午。沒必要這麼早開始做Wish & Fire客戶的工作，合約還沒簽呢。我從慘痛經驗學到要簽了合約再幹活。其實，能讓我正眼看待的公司，也是因爲有大筆預付款。

我拿著遙控器，瀏覽晨間電視節目。現場觀眾之一的家庭主婦，讓我想起了蘋果臉太太。我決定去拜訪她。或許昨晚行蹤成謎的莎碧哈女士已經回家了。

我拿了根大巧克力棒準備給他們家的活潑胖女兒。一根給自己在路上吃。至於主婦，我在街上糕餅店選了個現烤蛋糕。聽到她對費維茲的評價之後，我可不打算空手上門。

這時我想到如果莎碧哈女士安全回到家，應該順便帶點東西給她表達善意。我忍住第一個念頭，就是買花。無論多麼芳香，花朵很難讓盲人眞心感激。我努力回想以前是否買過禮物給盲人。沒有。我再回想老人家常見的毛病——糖尿病、高血壓、高膽固醇、動脈硬化、骨質疏鬆等等——我排除甜食、巧克力和糕餅當作禮物的選項。古龍水！對了！在從前，古龍水是最受歡迎的禮物。尤其在假期，大家都會互贈古龍水。

我走進第一家藥房買了瓶薰衣草古龍水。檸檬古龍水令我作嘔。萬一我無法把古龍水送給莎碧哈女士——這很有可能——就留著自己用。我把它包得漂漂亮亮。然後我又想到根本沒必要弄得這麼好看。

我走到計程車行，跳進第一輛空車，司機說了聲「歡迎，大哥」。我告訴他那棟公寓的地址，很快就到了。我發現昨晚胡笙停車在那棟燒毀大樓前面。原來那就是燒焦味的來源。我還以爲是陽台上有人烤肉。

一樓住戶有個面目可憎的婦人在窗台上放了個枕頭，把她的巨乳放在上面。她一面織毛衣一面跟對街的鄰居聊天，鄰居在二樓陽台上晾衣服。話題是快要曬乾的枕頭套上的刺繡圖案。醜婦人喜歡它，曬乾之後想要借用，以便拷貝圖案在自己的布料上。我忍不住抬起頭偷瞄他們談論的作品。醜斃了。根本沒必要複製。其實，簡直醜得犯法。

他們發現我打算進入公寓大樓，上下打量我。但是什麼也沒說。我懷疑他們會在我背後說什麼，但還是快步爬樓梯上了一樓。最靠近樓梯間的門就是那個胖家庭。莎碧哈女士只好等一等了。我買巧克力和蛋糕可不能浪費。雖然我知道門會立刻打開，仍然用力按了一陣子門鈴。

我的手指還沒離開門鈴，門就開了。下方，一顆小腦袋從兩條粗腿之間探出來；上面，母親的頭也伸出來。她一看到我，臉上的微笑似乎消失了。她一定從電視或報紙得到噩耗了。

「你好……是你啊。」

「我們昨晚離開時兵荒馬亂的。我沒辦法探望親愛的莎碧哈女士……我帶了蛋糕，希望我們可以邊喝茶一起享用。這是給您女兒的……親愛的，拿去。」

「喔，當然歡迎。請進。」門大大打開。「我恍神了。似乎不知道自己在幹什麼。我相信你也知道怎麼回事。關於費維茲。眞不敢相信。一天內死了兩個人。從來沒見過。我一定驚嚇過度了。沒想到打擊這麼大，但是我眞的暈頭轉向。」

她竟然能在我穿上她提供的金色醜拖鞋期間講完這麼多話。選鞋品味顯示她對我有些看法。我喜歡健談的人，如果你想打聽什麼消息，他們特別有用。

進門後坐下。蛋糕還留在咖啡桌上的包裝盒裡。

「你昨晚一定已經知道了，但是你沒有告訴我們。我指費維茲死了。我希望你有說。我會比較有心理準備接受稍後的新聞。你們一定是來向莎碧哈女士致哀的。我跟我老公猜出來了。你們眞體貼。願眞主賜給每個人像你一樣的朋友。你也知道俗話說患難見眞情。」

她肺活量眞大。可以一口氣講個不停。我只能帶著同情心聽。後頭鐵定話很多。

我注視她的眼睛，再慢慢移開目光，落在蛋糕盒上。意思是說，蛋糕是送她的。她從座位起身。

「唉，抱歉。我忘了蛋糕，對吧？我去燒水。我們邊泡茶邊聊。我有些話想問你。」

我也有話想問妳。

角落的桌上擺了些相框。最搶眼的一張是攝影棚內拍的夫婦婚紗裱框照。攝影師用後製的粉紅玫瑰修飾照片。新娘穿著典型的「鳥巢式」頭紗，臉孔包在成千上萬的皺摺之中。熟悉的笑臉露出一絲驕傲。當她看著鏡頭，似乎在說，看吧，我找到老公了。即使當年，她的臉頰也像菲力牛排一樣紅。

婚紗照旁邊是一張皺巴巴的嬰兒照，臭臉女兒。這孩子正監視著我的一舉一動，立刻說，「那是我，」同時頑皮地微笑。

牆壁上掛著一幅鍍金框的照片。裡面幾乎人人穿黑西裝。一家之主在跟一名政客握手。他對政治的興趣或許跟職業有關。沒加入黨派的公僕都有可能被下放到邊陲的職位。

相框有點歪了。我無法忍受這種事。只猶豫一秒鐘就站起來動手調整。在小女孩注視下，我用指尖喬好位置，然後坐下。

這個客廳有一點跟別人家不同：沒有繡花布套和縫紉品。我默默記在心裡。廚房的流水聲停止，蘋果臉回來，坐在我對面整理一下她的裙子。

「其實，我有事要告訴你。我泡茶的時候想了一下有無必要，但決定還是告訴你好了。你知道的，莎碧哈一直不見蹤影。」

她瞪大眼睛看我，等我反應。

「眞奇怪，」我說，鼓勵她說下去。

「很怪，對吧？萬一出事了我應該知道。但是她一點破綻也沒有。她去哪裡都會告訴我。眞主保佑別讓她出事才好……她會去哪裡呢？你怎麼看？」

我沒回答。只是意有所指地搖搖頭。

「我天生好奇。我是說，什麼事我都懷疑。我必須知道她爲什麼、去了哪裡。我有點像電視上那些女偵探。我總是設身處地，努力猜想如果出了命案而我是她們會怎麼做。你猜怎麼著，這下我面對不只一件而是兩件命案。樓上哈米葉女士的案子值得調查。她有個廢柴兒子。他酗酒，還嗑藥。他一直打她勒索錢。我是這麼懷疑的。我也跟警方這麼說。還有誰會做這種事？你想呢？」

這是個修辭性的問題。把獨白變成對話的方式。

她竟然沒受到兩件命案的干擾，冷靜地坐在這兒述說她的偵探夢。她小時候鐵定是《霹靂嬌娃》的大粉絲。雖然賈桂琳史密斯可能是她的最愛，她還是謙虛地把自己打扮成莎賓娜／凱特傑克遜，一面自我安慰說，呃，她是三人之中最聰明的。比較漂亮的女人只會扮法拉佛西。像我就是。

「總之，我不說這些廢話煩你了。你又不認識哈米葉女士。如果我不克制，會一直說到你叫我閉嘴爲止。太陽底下所有事都說一輪。你可以說我有點多嘴。哈米葉女士大概這樣了，如有必要我們再回頭談她。談費維茲吧。你都叫她費維茲還是布絲？我改不掉叫她費維茲的習慣。有時叫費維茲葉，戲弄她一下。我是說，她在世的時候。我怎麼叫她已經不重要了，是吧？她變成女人之後會罵我。『沒有什麼費維茲。我埋葬他了。我是布絲。』對我都沒差，費維茲或布絲。隨便你喜歡哪個名字。」

「我認識她的時候叫布絲。」

「好吧。我就叫布絲。」她轉向小女兒，「別吸拇指了。從嘴裡拿出來。妳大哥哥覺得很丟臉。聽著，妳再這樣他就不喜歡妳了。快點，回妳位子坐好。這樣才乖。別讓媽媽丟臉。她是個乖孩子，對吧，大哥？」

「大哥」指的就是我囉。

「乖孩子，」我說。我忍不住想到以後她會變成怎樣的問題兒童。

「警方昨晚來過。願哈米葉女士安息。」

她說話時閉眼，指著自己額頭中央的位置。

「她有點固執。其實，是很難搞的女人。我歸因於年紀大了。不過我還是很難過。畢竟咱們老鄰居還剩幾個呢？她受過好教育。所以伶牙俐嘴。她自以為無所不知，喜歡糾正別人。總之……你也猜得到，整棟大樓的人都很緊張。我們被審問到天亮。我老公在法院上班，所以他們沒囉嗦。但他們連我女兒都問了有沒有聽見槍聲。」

「我說眞的。想想這年頭電視上播的東西。大家都看不同頻道，節目充滿槍聲與爆炸。我們怎麼曉得什麼是眞的、什麼是電視？反正，我老公說兇手可能用了滅音器。」

「妳說得有理。」

「不是我，我老公。我連屍體都不敢去看。我沒那個膽。沒上樓。我會好奇嗎？當然。但是我不敢。我看過我祖母的遺體。那就夠嚇人了。我下定決心，沒有下一次了。」

「莎碧哈女士怎麼樣了？」

「我去拿茶。」

「要我幫忙嗎？」

「不，當然不用。或許我們該喝咖啡。我們可以解讀彼此的咖啡渣占卜。但是茶跟蛋糕比較搭。」她拿了蛋糕走向廚房。她看穿了我的男裝。她有足夠經驗一眼看穿我。畢竟，她跟費維茲一起長大，看過她多年來的演變。否則，哪有普通正經的家庭主婦會在認識隔天就邀陌生男人到家裡，然後提議幫對方算命？

「我喜歡你，」她宣稱。

她不可能知道我腦子裡在想什麼。一定是巧合。

「我很感激你跟費維茲當朋友。她成長過程中給我惹了不少麻煩。但我總是喜歡她。用我自己的方式。」

「妳想莎碧哈女士會在哪裡呢？」

她瞄一下身旁忽然變乖巧、靜坐著聆聽的女兒。

「去臥室吧。妳可以玩妳的玩具。」

「不要……」小醜臉抱怨時變得更醜陋了。

「妳皮在癢嗎？」母親立刻脫下右腳的拖鞋在空中揮舞。

嘟嘴的臉蛋看著拖鞋警告，於是從椅子上滑下來，同時發出一陣漸弱的「不要」抗議聲，慢吞吞地離開了客廳。我了解這種人。他們不會回房間，一定會蹲在門外走道偷聽。

獨處之後，紅臉婦人改用神秘又無所不知的語氣。

「我有個推論：莎碧哈女士聽見了電視新聞。然後她中風或心臟病發作，倒在自家地板上。她還能去哪裡？昨晚整棟大樓鬧哄哄的，但是她家一點動靜也沒有。警方問了她的事，但我們說什麼都不知道。他們就放棄了。她可能已經在家裡死了或嚇癱瘓了。她畢竟瞎了。心臟一定無法承受。」

我無法理解瞎眼跟心臟病有什麼關係。我猜她知道些什麼。她臉上有得意洋洋的表情。眼神發亮。興奮地等著我認同。

「不會吧，」我說。

「誰曉得眞主的安排呢？看看我們國家亂成什麼樣子。」

我搖頭附和，但沒上鉤。我最不想要的就是聽她對國家整體衰敗的意見，比如伊斯坦堡發展過快，我們這個無知國家的大方向，現代的年輕人、政治、文化如何的慘狀，或者我們加入歐盟的展望，甚至東南方的動亂等等。我不想談這些。

「那，我們該怎麼辦？布絲的葬禮今天或明天舉行。等停屍間交還她遺體之後。因爲是謀殺案所以會拖比較久。朋友們跟我都在處理這些後事。莎碧哈女士是她母親。她應該會想參加，或至少知道她要埋葬在哪裡……」

「我完全忘了葬禮這回事。我很想去。社區裡一定有其他人想要參加。但我不確定我敢不敢。萬一媒體得到消息，拍到我跟一群變裝者在一起怎麼辦？這裡的人都很保守。請恕我不去了。」

這些心胸狹隘的人，我暗自嘆息。

「當然不勉強。」

「我們會辦一場追悼會。你也來吧；我會通知你在什麼時候。」

「謝謝。」我一點兒也不打算參加。追悼會超無聊。如果跟婦女一起坐，我得戴面紗。如果跟男士一起坐，他們會盯著我，然後把我拉到角落想要勸誡我。不知怎地我強烈懷疑追悼會根本辦不成。

我們互相微笑。她還有別的話說。這點很清楚。她只是不知該如何開口。

「那麼我想除了耐心等待之外無事可做了。葬禮不能拖延超過一天。」

她在蓄積勇氣。我耐心等著。

「我說過，」她繼續說，「我懷疑噩耗害死了可憐的莎碧哈女士。我老公不願談這件事。我猜他有他的道裡吧。事過一週之後會比較清楚，等屍體臭氣沖天的時候。」

她的自信心眞是煩人。

「那妳有什麼建議？」

她壓低音量：「我碰巧有備用鑰匙。莎碧哈給我應付緊急事故用的。但我不敢單獨進她家。我無法面對有屍體的景象。我會瘋掉。」

我的努力有了回報。這個紅頰胖女士原來是座未開發的金礦。

「但如果你不介意，我們可以一起去……」

賓果。我盼望的機會自己上門了。

# 14

胖女士帶路，我們馬上來到鄰居的門外。我同伴舉起食指放在唇上，示意「噓」。畢竟這是秘密任務。我慢慢打開門閉上眼睛，表示贊同。

她的平淡生活終於有了些刺激。她完全打算好好利用。她拿著鑰匙，左顧右盼，把它插進鎖孔。我看著她，露出微笑。她看我的表情好像是猶豫著該不該發動核子戰爭的電影女主角。我友善地拍拍她肩膀，這是她需要的最後一點鼓勵。

她轉動鑰匙。門立刻彈開。透過微開的門縫看得見一名鉛灰色西裝男子的嚴肅面孔。他頂多三十歲，但是西裝讓他顯得老成。他面無表情看著我們。然而冷淡的臉色更具威脅性。我們目瞪口呆地望著他。

「我是對面的鄰居。我來探望莎碧哈女士。」

第一遭，她的紅臉頰變得蒼白。臉上或許失去血色，但她刺耳的聲音仍維持著某種權威與堅定。

男子轉向我。茫然的表情讓他看起來更嚇人。我心虛地傻笑。沒指望他馬上邀我們進去。無論這隻大猩猩是誰，絕非善類。雖然我兩招就能擺平他，但是藏在門後的手很可能握著槍。也看不出裡面是否還有別人。不值得冒險。

「我昨晚來找過她。她沒開門，我挺擔心的。或許她需要幫忙……」

胖婦人的聲音在他瞪視下逐漸虛弱。她一定是嚇到了。她退後一步倚著我。

「她在休息。」

僵硬的臉上發出一個非常模糊，但無疑是男高音的聲音。雖然極力想要顯得沙啞，聲音聽起來尖細又搞笑。他很成功地用冰冷的目光修正了可笑的聲音。門在我們面前關上。我伸出手擋住。男子臉上初次露出有意義的表情：你們在幹什麼？

「我們想看看她，」我堅持。

「她在休息。」

門關上。我仔細聆聽。屋裡一點聲音也沒有。沒有腳步也沒有講話聲。他還在門後，聽我們的動靜。

我們震驚地陷入短暫的沉默。

「那個人是誰呀？」艾努兒問，「我從來沒見過他。她的親戚我都認識。他絕對沒來過。」

無可否認那名男子的出現很突兀。但她可別指望我能回答。

「連妳都不認識他，我哪曉得？」

她迅速作決定，按下門鈴。因爲從鑰匙孔看得到我們，門立刻打開。同樣面無表情的看著我們。

「我……抱歉，您哪位啊？我從來沒見過你。」這才像是好奇的胖婦人會問的問題。

「親戚。」

門再度關上。我們仍被擋在外面。我們驚訝又失望，回到她家。

顧人怨的小女孩在門口迎接我們。過程她全看見了。

「媽咪，那個人是誰？」

「我要打人了！我哪知道。而且我不是叫妳在家裡等嗎？」

她發出一串叛逆的「討厭」聲，啪搭啪搭踩著拖鞋回到家裡。我們走回客廳坐回原來的座位。很不幸，尋找莎碧哈女士的任務失敗了，她仍然行蹤不明，造成了負面打擊。我們洩氣地默默坐著。以我們的情緒和處境，蘋果臉和我有許多共通點。

「親戚。才怪。絕對是謊話。否則我應該認得出來，不是嗎？來來去去的每個人我都看過。加上她親戚又沒幾個。只有幾個人會來看她。我們當鄰居這麼多年了。我發誓這是我第一次看到這個人。」

我相信她。

「所以他絕對不是親戚，」我說。

「不曉得莎碧哈阿姨怎麼樣？現在我真的擔心了。」

這女人不久前剛說過老太太可能是癱瘓，甚至死了。現在她又擔心了？

「那我們現在怎麼辦？」

我並不喜歡使用裝熟概括的「我們」這個字眼。

「我們要報警嗎？」

「千萬不要，」我反對，「我們能說什麼？鄰居家裡有個人自稱是親戚，他們應該來確認一下？他們一定懶得來。」

「那倒是……」

我們坐著思索。蘋果臉把玩著鄰居的鑰匙。鑰匙上的鐵環串著塑膠製的咖啡色鑰匙鍊。

「我最好去泡點茶。可以幫助我們專心。」她拿著鑰匙，大步走去廚房。

事態發生了怪異的轉折。有個面無表情的保鑣被派到莎碧哈的家裡。我不知道他老闆是誰，但他不可能是自己跑去的。莎碧哈的生死已不再是最重要的事。那批照片和信件被找到，或者快要被找到了。我在這件事的角色結束了。殺害布絲的人的身分，還有動機，會永遠成謎。或許與樓上鄰居哈米葉女士之死眞的毫無關聯。

女主人端著茶具托盤開始上蛋糕，同時喋喋不休。我無法承認她的話有條理，反而比較像喃喃自語。她的心思正在回想莎碧哈女士和費維茲的親戚與熟人，他們的親屬關係，做什麼行業，住哪裡甚至長什麼樣子。我被淹沒在一大串姓名、地點、職業與描述中。她的話只讓我遠比她安靜又有系統的思考分析也被搞糊塗了。我臉上掛起宜人的微笑，照片裡常見的那種，但是充耳不聞。

「可是你根本沒在聽……」

她說得對，這是強人所難。我沒在聽。

「抱歉，我在想事情。」

「呃，那你怎麼不說話？告訴我你在想什麼。」

如果我想要她知道我腦中浮現的一切，我就會講話而非思考。向她解釋這個哲學觀點也沒有用。她不知道勒索陰謀，也沒必要知道。我不確定該不該告訴她照片的事。或許可以刺激她的記憶；她可能想起費維茲年輕時代的一些荒唐事。

我們的小姐人人都有女性密友。她們通常都是所謂的「女士」：未婚又善良，但一點也不漂亮。她們的打扮相當好看、保養也不錯，雖然不算是致命美人的類型，多少也都有像樣的工作。仲介商或銀行員，又或許是經理。主管秘書，會計。最高當上律師或中小企業主。一說到實務，日常生活的事情，這些女士簡直天下無敵。然而她們的私生活充其量只能說是多災多難；甚至沒有私生活。我們的小姐都對女性朋友完全信任。分享每個細節，包括長度、粗細和體位。女士們聽得目瞪口呆，把這些替代性經驗當作自己的。但是，我不相信這些女士有機會描述自己的精彩激烈的故事。

布絲／費維茲或許跟蘋果臉太太建立了這樣的友誼，向她的女性密友透露過最私密最激情的戀愛中的露骨細節。這個活潑但醜陋的社區主婦明顯情感壓抑，經驗也有限，是費維茲這種人最理想的知己。

「呃，」我說，「有些事我還沒告訴妳。我不想嚇到妳。」

她屏住呼吸，豎起耳朵。我向她概述了事情經過。

「原來如此。他們也害死了莎碧哈。唉，要是你早說我們面對的是殺手就好了。現在我們只能乾等。天啊！我的天啊……」

她伸手掩嘴壓抑哀嚎。

「我必須找到那些信件和照片，」我繼續說。「要查出誰殺了布絲沒別的辦法了。前提是，如果他們還沒找到照片……」

「我好怕。兇手就在隔壁。我有個小女兒。萬一她出事怎麼辦！」

一想到她女兒跟潛在危險，她從椅子上跳起來。臉頰完全沒有血色；也笑不出來。連這一點兒魅力都消失了。

「賽姬！寶貝，快過來！妳在哪裡？馬上過來……」

「寶貝」出現，立刻被她抱在胸前，擋住一切傷害。你看了會以爲現場有個變態殺手。

「我得通知我老公。我們還得報警。」

這段偵探冒險相當短暫，一出現眞正麻煩的徵兆就放棄了。面對如此驚慌，我無能爲力。我決定放手順其自然，看著她打155報警。

# 15

她連絡不上她老公。現在正是法庭最忙的時間。我們一起等警方趕來。她沒勇氣單獨跟女兒留下來等。她狂亂但是有韻律地把拖鞋踩得啪啪響。她的肥胖腳踝保養得不錯。如同等待時的慣例，時間似乎慢了下來，幾乎完全停頓。她把玩著女兒頭上的一撮短捲髮。捲得一團亂之後，再用手指把它梳開。頭髮拉緊的時候，小臉蛋變得更加緊張。就在小孩即將發作準備怒吼的邊緣，頭髮又被放開，她臉上露出無意義又驕傲的微笑。

我心裡忙著盤算警方抵達後該怎麼說，透露多少。牽扯法律或許有幫助，至少可以找到莎碧哈女士。況且，我們可以得知撲克臉的身分，如果他還在的話。

蘋果臉會向警方說什麼又是另一回事了。我後悔告訴了她有人可能用信件和照片勒索的事，甚至透露了我對狀況的推論。但是覆水難收。留在這裡陪她，我至少可以知道她跟警方說了什麼，他們聽到之後的反應，是否打算展開調查。我從左手拇指開始摳皮膚，一根接一根手指。

終於，門鈴響了。女主人放開她女兒的頭。

「警察！」她叫道，氣喘吁吁地匆忙站起來。至少在她心目中，警方抵達表示我們的所有麻煩告一段落。她顯然相信被擾亂的生活會恢復先前的平靜與單純，讓她定下心來。

確實是警方來了。有兩個人。啤酒肚的矮子不怎麼好看，但他的年輕搭檔還挺俊俏的。他是淡褐色頭髮。他用深褐色的眼睛盯著我，上下打量我。一瞬間就摸清了我的底細。他嘴角掀成一抹淺笑。

艾努兒簡略地向老矮子描述狀況；年輕情聖跟我繼續互相打量。身高，體重，嘴唇，鼻子，膚色，雙手——我看不出任何缺點。他的下巴很堅毅，鼻子也很有性暗示。他短袖襯衫的領口露出一撮胸毛。他嚥口水時，顯眼的喉結上下起伏。他雙手又大又乾淨。要是他現在沒有穿制服，我會直接撲上去。我不喜歡制服，尤其討厭警察制服。

蘋果臉緩慢地解釋一切，描述每個細節。她激動得臉頰脹紅，儘管看起來跟平時沒差別。

「對面公寓裡有個殺人兇手，」她說。她講完之後，警察轉向我。我被迫中斷跟他搭檔調情。老警察似乎期待我澄清。

「我來探望莎碧哈女士。她不在家，我就來這兒了。」

我強調我解釋的眞實性，往他眼睛的方向舉了一下那瓶古龍水。

他們問我是誰。我非常樂意合作，把我的名字、我的電話號碼和地址全告訴小帥哥，慢慢拼出每個數字和字母。

「她兒子是我朋友，」我補充說，「我有點擔心她。」

「我們會查查看，」啤酒肚警察說，「你想要正式報案嗎？」

我不確定。我該不該留下正式紀錄？我不理會蘋果臉的表情，她驚訝得下巴差點掉下來，我選擇不要。

我們一起到走廊上。他們的無線電不斷收到雜訊，警察們帶頭到對面公寓，按下門鈴。

可想而知，門沒開。

他們又按一次。還是沒動靜。我想起昨晚按樓上鄰居門鈴的情景。

「等一下，我有鑰匙，」艾努兒衝回她家同時說。警察跟我被丟下，面面相覷。啤酒肚眞的很喜歡到處亂瞄。而且他一身汗臭。另一方面，我的帥哥只有香皀和刮鬍水的香味。

鑰匙送來了，「這下我們得塡正式表格了。」啤酒肚解釋。

「但她是我鄰居。鑰匙是她給我的。以防萬一；我替你們打開門。萬一出了什麼問題，別忘了我老公在法院工作。」

蘋果臉脹成菲力牛排臉，這番話讓警察跟我都啞口無言。她伸手把鑰匙交給了啤酒肚。

「拿去……」他猶豫時，她又說，「快點，開門啊……」

警方根本懶得拔槍，表示他們根本不當我們一回事。他們來到一戶民宅，裡面只有半空的茶杯跟吃剩的餐盤，有個家庭主婦跟一個娘砲告知他們可能發生了命案。要不是樓上死了個鄰居，他們可能根本懶得跑一趟。

門打開。屋裡無聲無息，但是一團混亂。即使瞎眼阿婆也不會住在這麼亂的地方。警察第一次露出認眞的表情。他們終於舉起了槍。

前面的人大叫，「警察！手舉起來！」

沒有回應。沒有人聲也沒有反擊的槍聲。

警方搜索每個房間。連冰箱裡的東西都翻出來攤在地上。原本應該是布絲青少年時期的房間，海報本來貼在牆上，撕毀了。無論他們在找什麼，肯定已經到手。連我自己都不可能搜得更徹底了。

最怪的是莎碧哈女士不見蹤影，生死未卜。如果她被殺，現場一定會有證據。而兩名警察正踩在這些證據上。我的小帥哥叫做凱南。每當他彎腰，屁股上的布料就繃得更緊。我看得目不轉睛。他的右後褲袋顯然放了一本厚筆記簿之類的。真希望它消失。不過，這種時候也只能湊和了。

確定找不到什麼重要東西之後，我們四人只能傻眼互看。啤酒肚打個官腔宣布：

「這裡沒人。」

如果他不是這麼嚴肅，我認爲他應該哈哈大笑了。不過，他這種人不懂反諷。對，他很嚴肅。我咬著舌頭忍住竊笑。

艾努兒毫不掩飾她的本能反應：「那我們現在怎麼辦？就離開嗎？」

「妳指望我們怎麼做？」

「天啊，整個房子被翻遍了；莎碧哈女士失蹤，」業餘偵探說，「我一定要正式報案才行。」

「隨妳便。但是目前我們無能爲力。妳可以申報失蹤人口。」

「喔，我懂了。你是說我們應該呆坐著等他們來把我們也滅口。」

我不懂她怎麼會作出這個結論。我猜她有隱瞞些什麼。

「呃，女士，」他說。汗臭啤酒肚改用「女士」這個稱呼，絕對是失去耐性的跡象。

「目前我們沒什麼辦法。沒有謀殺跡象，也沒有屍體。只有亂七八糟的住宅跟失蹤的瞎眼老太太。」

「可是樓上的屍體怎麼說？」她開始用鼻音講話，因爲挫折感氣得臉色脹紅。

我的帥哥插嘴，「女士，冷靜點……」

唉！我個人其實不太喜歡男人使用「女士」這個稱謂。充滿低下階級的酸味。以爲浪漫的終點只有婚姻的人。

「我無法冷靜！我不會……」她滿臉通紅，「你們應該確保我們安全才對。你們不能就這樣走掉。」

「但我們也不能在這裡傻等……」

「警官，您說得一點也沒錯，」我附和。

我肯定說了什麼刺激到她。我不理會菲力牛排的抗議。我很擅長過濾掉不愉快的事物。超擅長的。兩名警察都同意我。

我們向警察道謝時，我沒忘記把握機會偷摸帥哥，一把抓住他藍色袖口處的手臂。他沒有縮回去。他前臂上的汗毛顏色很淡。

「我會安撫她。謝謝你們過來，」我說。沒有明確理由，我邊說邊捏了他手臂一下。他知道我的意思，但是沒有反應。無情的傢伙！

再堅持也沒用了。我放開他手臂。我們目送他們下樓梯。他只回頭看了一眼。我當場作出結論：這個人沒搞頭！

我再度讓蘋果臉的抗議和抱怨聲流進我的耳中。

「這太過分了！我可不會坐以待斃，等殺手來把我們一個一個幹掉！」

警方離開大樓之後，所有住戶的門都打開，男女老幼紛紛往樓梯間探出頭來。大家都懷疑出了什麼事。蘋果臉完全利用這個機會。宛如準備演出生涯代表作的女星，她先意味深遠地瞄過每一個人，然後開始說明經過。我拋下她和觀眾們，走進莎碧哈女士家裡檢查最後一趟。

# 16

我在莎碧哈女士被搗毀的公寓裡漫步，努力整理思緒。我走進布絲的臥室坐在彈簧床上。床墊被推到了地上。房間顯然多年未曾整修，仍用布絲青少年時代的風格裝潢。甚至還有粉紅絨毛床單。對面牆上的床頭桌被用來當作梳妝台。上面排列著一些幾乎空掉的香水瓶，一瓶刮鬍水也沒有。全都是甜膩的香味：黑與白、迪奧的Diorella，還貼著巴黎加勒王子飯店的標籤、一瓶紫色的Poison、Nina Ricci的L'Air du Temps，原裝的萊儷水晶瓶子、YSL的Rive Gauche、一瓶方形的Givency、嬌蘭的Samsara。我偏好比較清淡辛辣的香水。但是話說回來，我死也不穿香奈兒的套裝。

梳妝台的抽屜內容物也被翻出來灑在地上。五顏六色的四角褲、蕾絲內褲、白棉內褲與扇形肩帶無袖T恤堆成了一座小山。有條肉色絲綢四角褲吸引了我的目光。我撿起來。有薰衣草味道。

我看看牆上的海報。全都描繪著俊美到離譜的海妖和猛男。最顯眼的是李察基爾，包括一張《斷了氣》的裸胸海報。有一部分被撕掉了。

我不知道該找什麼。相簿、札記或日記應該有用。我晃到家裡的其他房間，但沒什麼新發現。除了幾本點字書以外，什麼也沒有。畢竟這裡直到最近只住了一個盲眼老婦。或許各種書面文件都被清掉了。

莎碧哈女士出了什麼事？她在哪裡？她家怎麼會變成這樣？那批問題照片和信件又在哪裡？

我走到死巷了。我逃離這戶完全沒有任何顏色搭配的陰森房子。

蘋果臉這時徹底瘋了，我的老朋友正在走廊上講得慷慨激昂。她在等我加入。

「我要走了，」我只說。

「去哪裡？」她抱怨說，「這一切都是因爲你，現在你卻要跑掉？」

她就是這麼跟我說的。然後她轉向仍在屏息看著我們的鄰居——應該主要是看她——指著我，用更大的聲音說：

「就是他，我跟你們說過的費維茲的朋友！」

我抓著她手臂把她拖進家裡。她驚訝得忘了反抗。我們一進門，我立刻關上門。門鈴立刻響起。我們忘了流鼻涕的小女兒還在外面。我放她進來。

「冷靜點聽我說！」我下令。

「好啦，」她說。剛才戲劇化的聲調完全煙消雲散，她走進客廳坐下。小女兒坐到她大腿上。

「我在聽，」她說，「我願意聽你對這一切的任何解釋。」

我對她簡略說明了我的主要恐懼與顧慮。

「我需要妳告訴我布絲提過的每一段戀情，」我總結說，「或許會有什麼線索。」

「好吧。我記得的都告訴你……但是首先你得記住我並不直接認識他們任何人。她只是跟我提過。或許中學時期我見過其中一兩個，如此而已。往後我只知道她告訴我的事。喔，有一陣子我們常去貝伊奧盧區的茵希糕餅店吃泡芙，上戲院，在尼桑塔希區購物等等。我們互相指出我們喜歡的男人。如果我們喜歡同一個人，她會斥責我，甚至捏我手臂。然後兩個禮拜不跟我說話，只因爲我說我也喜歡李察基爾。」

她聊開了。同時，她的「寶貝」也提早聽到了詳細版的人生百態。

「日子久了我就學會只喜歡她不愛的人。唉，你無法想像她嫉妒心有多強。後來她開始想要我喜歡的人。而且最後她總會如願。我不希望你誤解。我其實什麼也沒做。我會收集喜愛的電影明星剪報。或遠距離欣賞某人。說說而已，眞的。沒別的。」

典型的女性貞潔宣示。

「費維茲，也就是布絲，很小就開始鬼混。我是說，當時我們中學還沒畢業呢。她會跟其他男生接吻之類的。然後，你知道的，她更進一步。而且她做過什麼都會告訴我。」

我不太確定。我們小姐說話都沒這麼坦白。她們說的內容通常有一分像童話，兩分像A片。例如，我從來沒聽說過誰的男友雞雞很小。並不是說她們都在撒謊，但是即使在土耳其也是無法逃避現實的。有種東西叫做統計學與機率。

「現在我懷疑她有些事情沒告訴我。」蘋果臉也有些關於自己的事情沒說。

她的懷疑很合理。她很清楚我心裡想什麼，至少有一部分。

「比如說？」我問道。我答腔，爲了製造出她是在與人對話，而不至於有被人盤問的錯覺。她繼續說：

「我是說，你看現在出事了吧。她甚至跟某些名人有一腿。她給我看過很多照片，但沒看到過我認識的人。或許後來才出名的。」

「那麼她會把照片藏在哪裡？」我問，「我在她母親家裡找不到任何東西。」

「是喔……我猜啊，他們全都拿走了……」

我受夠了。我睏了。即使是女人的吹牛我也沒什麼耐心聽。中產階級主婦年少輕狂的輔導級故事超出了我能忍受的底限。這樣耗下去不會有進展。

我離開她時已經中午。我的忍耐已經到了極限。我好餓。我推辭掉蘋果臉堅持「弄點東西來吃」的提議，道謝之後離開現場。

這個社區對我很陌生，所以我跳上第一輛路過的計程車。

# 17

爲了放鬆，我急需看一齣猜謎節目。最好是白癡到極點那種。參賽者被問到自己名字還會猶豫的節目。我忽然好想在電視機前開罵到嘴角冒泡，暴跳如雷。

昨晚的懷舊物品仍然在沙發上堆積如山，像一堆毫無價值的垃圾。清掉它們的衝動一冒出來就消失了。等莎蒂過來，她可以處理。

我聽答錄機。阿里打來告訴我Wish & Fire在考慮我們的提案。我決定最多等他們一星期。一秒也不能拖。如果他們在指定期限前沒回電，我會搞垮他們的本地網站、國際股票系統，如果可以的話，甚至他們的整個網路洩憤。我一定會這麼做。我痛恨要求不斷開會，最後爲了幾塊錢打退堂鼓的公司。

沒有其他値得注意的留言。法魯不知何故打來，宣稱他必須跟我「私下」碰面。我覺得他死纏爛打很煩。從昨晚開始他就緊盯著我，打到我家兩次。貝琪絲一定在忙別的事，不是在米蘭血拼就是在塞浦路斯賭博。法魯被單獨丟下，才來騷擾我。我跟貝琪絲是朋友並不表示我打算討好她老公——尤其是瞞著她。我排除任何「私下」會面的可能性。

我給自己泡了杯茴香茶。然後打到哈山的手機。不知道布絲／費維茲的葬禮安排得怎樣了。其餘一切都是混亂；我必須確定至少葬禮會順利舉行。

哈山沒有好消息。因爲有他殺疑慮，停屍間不肯交還遺體。必須進行解剖，而且要搞好幾天。我把所有怒氣跟挫折感全發洩在可憐的哈山身上。

我一停下來喘氣，哈山就插嘴，「可是大哥，有別人也想領遺體。」我一時語塞。

「誰？」我想知道，「我知道的唯一親戚是她媽媽。她瞎眼又失蹤了。」

「我也是這麼想的。但顯然不是。如果我們要以雇主或就業公司身份申領遺體，就必須塡文件，辦一張工作許可證。」

「哈山，別傻了！你什麼時候聽說過混夜店的變裝妓女有職業登記的？」

「我也這麼說，」他回答。

「這樣才對！唉，至少查出他們是誰。」

「我會的，」他說。然後補充，「我電池快沒電了，」接著線路斷掉。不要臉的窩囊廢。

每當我想要放下布絲的事情，就出現新的消息，讓我被牽著走直到遇見下一個死巷。每次有新誘餌在我面前晃蕩，我就上鉤，想像自己正在追查什麼重要線索。現在出現了別人要領走布絲的屍體。好吧。我又不是特別喜歡屍體。不管是誰，請便。我只要參加葬禮致哀就好了。如果地點不是太遠的話。

我打給哈山交代他不用再忙葬禮了。沒有回電。不是他電池眞的沒電，就是他關了手機。

我累壞了。該照顧我自己了。我搜尋目前手上的美容用品。黏土面膜、膠原乳霜、在歐魯旦尼斯區買的修復海泥和乳液。還有各種保濕乳液和芳療精油。我準備開工，但突然害怕自己會搞得亂七八糟。還是上美容院好了。我打電話，對方說他們現在就有空檔。我放棄自己的美容方式，立刻出門。我家今天更亂了。

沙龍的美容師跟我很熟，而且很尊重我。我選了深度清潔的蒸臉，緊實皮膚的按摩和全身人工日曬療程。

我等著做臉時，跟貝琪絲一起來過店裡的女性朋友，我記不得名字的女記者，從蒸氣室裡走出來。我還在懷疑她是否認得我的男性狀態，她直接停在我面前。

「你好，眞巧啊。達令，你好嗎？」

「達令」當然是指我。我謝謝她的問候。還是想不起她的名字。她湊過來要吻我，但是想起她剛張開的毛細孔。她改跟我握手，同時我們繼續對話。

「前幾天晚上多謝妳招待。接下來兩天我都跟朋友說我們玩得多瘋狂。還有妳多麼漂亮。」

我又謝謝她。然後，出於某種奇怪的衝動，討好她說，「不過眞正的美人是妳呀。」

她大受鼓舞，立刻坐到我旁邊。她整理一下浴袍的裙擺，一腳縮在衣服裡。然後她的注意力轉向我。

「對了，接下來呢？」

我一定對這個含糊問題露出了驚訝表情，因爲她又說：「蒸臉之後，親愛的，」然後發出一聲假笑。接著，她一手放在我膝蓋上。我懂了。她要勾引我；我要假裝不解風情。比較有耐心跟決心的人就會贏。

我可以痛罵她一頓，但我的生意頭腦強迫我忍住。畢竟她是店裡的顧客。說是如此，她想變成更親密性質客戶的努力註定徒勞無功。

輪到我了。他們叫我進房間。我快步離開，漂進充滿神清氣爽時輕鬆氣氛的蒸氣室。自然，我沒忘記回頭挑逗地看最後一眼。也就是說，告別前最後一招。我怎麼可能知道這會有什麼後果？很多事最初都是無心插柳。

雖然只能勉強呼吸，我忍耐著蒸氣撐過指定時間。結束後，我的臉像新生嬰兒的屁股一樣紅光滿面。

我想先去休息室喝杯檸檬汽水再做人工日曬。再次撞見等待中的女記者。她指指身旁的躺椅。我坐了下去。

「很遺憾聽說你朋友的事，」她開口，「這種事常有，不是嗎？」

「妳是說謀殺？很不幸，沒錯，」我回答。

我只想要專心喝汽水啊。

「請告訴我詳情好嗎，」她追問。

這無疑是職業性的親切語氣。讓我起了雞皮疙瘩。

「妳不是要採訪我吧？」

「不，當然不是。都是我不好。讓你誤會了。請原諒。我只是好奇。我猜想這是職業病。每當我開始發問，不知怎地就會變成煩人的記者。」

「沒關係。」

注意力回到我的汽水，用吸管攪拌冰塊。我沒心情回答問題。

我承認體貼的女人是我的罩門，但她不包括在內。她沒有躺回去閉嘴，反而盯著我。眼皮眨都不眨一下。

我被看得很彆扭，回看她一眼。

「你的鼻子眞可愛。睫毛也很濃密……」她說。

她說出「濃密」一詞的時候似乎舔了嘴唇。我猜想——甚至希望——那是每個人的正常說話習慣。

「我在店裡的時候沒發現你這麼帥呢，」她繼續說，「當時太暗了……」

她現在絕對是在把我了。

「現在有機會仔細看看你，我實在目不轉睛。你沒化妝眞的迷人多了。有種奇特的魅力。你想要什麼女人都能到手。」

我可不擔心自己吸引女人的技巧。我要不是這沙龍的常客，就會對她發飆，但我不想要丟人現眼。

「你什麼時候開始的？」她問。

我假裝沒聽見。

「我是說，那是怎麼開始的？」

她擠眉弄眼作出一副既狡猾又好奇的表情。彷彿她只要查明事情經過就能立刻端出什麼「解藥」似的。我皺起眉頭。

她發現她太超過了。至少她還有點自覺。我們默默坐了一會兒，她還是盯著我。她開始呼吸加速。沉默是金的時刻顯然結束了。但我還是沒料到接下來的發展。

「你知道我幾個月前訪問過布絲嗎？」她輕鬆地說，「結果沒刊登出來。我在考慮公布至少其中一部分。」

她真懂得吊我的胃口。

「她說了什麼？」

「主要談她的變裝者經驗，還有她的感情生活，她喜歡的男人類型，諸如此類。她也跟我說了一兩個秘密。」

我的天線完全伸出來了，正在收集訊號。

「她在訪談時喝了不少酒，甚至抽了根大麻。她邀我抽的時候，我基於原則拒絕了。你知道的，工作倫理。照她透露的內容看來，她一定喝茫了。有關她自己和別人的事。一長串名單。名流、商人、政客、各種明星。有的很出名，有的比較私密……你聽了一定不信。我們未經某種查證不應該指名道姓的。但我還是寫了。一定會很轟動。年度獨家新聞。我都準備上台領獎了。但是不知何故，一直沒有登出來。我被總編斥責，問我是不是打算『讓報社關門』。他也說即使沒被查禁我們都會一個一個被幹掉。布絲告訴我的事情。我猜我大概看不到它刊登了。」

我洗耳恭聽。

「你跟其他人說過嗎？」

她繼續觀察我的臉，假裝沒聽見。

「她告訴我她的童年，青少年時期。她經歷過的一切。千辛萬苦。」

「我很想聽那次訪談的錄音帶。其實，我想要拷貝一份當作紀念……」我大膽試探。

「當然可以。我們一起走吧。你可以來我家。我們拷貝的時候一起喝兩杯。」

我走運了。我抓到大魚了。對，她還是在煩我，但她不是我必須擊退的第一個女人。穿成這樣的時候，我就會吸引女士的注意；穿女裝的時候，則是男人。我希望她別誤解我臉上露出的笑容。我不想要胡搞瞎搞。雖然我樂意玩玩無傷大雅的遊戲，但不會更進一步。我連她的名字都不曉得。我也無意跟連名字都不知道的女人上床。

我的人工日曬預定要花十二分鐘。她已經做完了，但她得等一等。

我連忙走進日曬室。

# 18

我們開車到她家。每次換檔都是對我毛手毛腳的機會。我沒說什麼。其實，或許我還稍微鼓勵了她。弄到錄音帶之前一切都得忍。她一路上都在說自己的事。她是錫安聖母大學畢業；她跟外交官老公離婚後回伊斯坦堡開始記者生涯。不，我一點也不懂因爲一個黑皮膚的葡萄牙妹被老公拋棄是什麼感受。那個妞根本不算純正葡萄牙人，她補充說，雖然她也能發出「vujt vujt」的口音。總之這令女記者徹底崩潰。事發突然更是雪上加霜。她似乎以爲人可以慢慢習慣背叛與欺騙。我盯緊目標，面對她的胡言亂語與雙手亂摸，不發一語。

我們爬上三樓，由她帶路。我觀察她的雙腿一路爬上狹窄的樓梯間。她左腳著地的角度有點怪。鞋跟磨損得很厲害。

有隻貓在門口迎接我們。牠不喜歡我。我們走進一間凌亂得出奇的客廳。電腦的電源都沒關。到處散落著深褐色積垢的咖啡杯。她是老菸槍。家裡瀰漫著陳年煙臭味。菸灰缸好幾天沒清了。我默默點頭附和她的前夫。眞正的淑女和紳士老公不會住在這種髒亂地方。她不是什麼淑女。

我的表情一定出賣了我。

「達令，請原諒這一團亂。我知道不太乾淨。你也知道我一直沒時間整理。信不信由你。這就是獨居的代價。」

我想起我自己家。在當下，跟她家並沒有太大的差別。

來此途中某個時候我變成了暱稱的「你」。這也是爲了錄音帶必須忍耐的事。

「而且現在沒有清潔婦，」她說，「上一個跑掉了。我有請超市老闆娘幫我再找一個。我不能被那種瑣事干擾。」

但她可以被拐我上床這種事干擾。

她直接把攜帶式錄音機塞進音響裡。

「你聽了一定會很驚訝。她說了好多名字，起初我以爲她在說謊。後來我查了一下，發現其中半數人算是惡名昭彰。但是我說過，他們一直沒曝光。因爲媒體自我審查。或許那是某種自我防衛。」

她翻找地板上一個放滿錄音帶、MP3和CD的小籃子，許多連外盒都沒有。我挺佩服她能夠在這片混亂中找到東西，但是沒說出口。我找不到可以坐的地方，只好站著等待。

「你有喝葡萄酒吧？」

「其實我不常喝。」如果我省略掉「其實」兩字，這句話就會達到想要的效果。但是太遲了。

「那就陪我喝吧。」

原來這就是她的計畫，把我灌醉。我不是那種女人。也不是那種男人。我不會喝一杯就昏倒，讓自己被人蹂躪。說到過度熱情的女士，我可是很有經驗。

她拿著酒回來。兩個杯子都像花瓶那麼大。我們會乾掉一整瓶。

她遞酒給我時沒忘了撫摸我臉頰。我等待她坐下來，然後選了個對面而非相鄰的座位。

她沒等我回應，繼續說話。如果她是這樣訪問別人的，她肯定沒什麼材料可用。

她乾掉第一杯，繼續喝第二杯。我的仍然滿到杯緣。半小時過去。我的錄音帶還沒拷貝好。我聽得到嵌齒轉動的雜音。她開始口齒不清。之後乾脆不再說話，別有居心地望著我。我呆坐著，活像童話中的微笑柴郡貓。

簡單說，這不是我一生中最快樂的時刻。我開始痛恨為了錄音帶被迫忍受的狗屁倒灶。我甚至暗自責怪布絲。整件事都是因為她。仔細想想，我拋棄這個念頭。我只能責怪自己的好奇心。沒錯，這一向是我的死穴。

就像諺語說的，「小不忍則亂大謀。」即使現在，我早就該起身走人了——但是好奇心驅使著我。

我終於偷瞄了一下我的錶。快五點半了。我立刻打斷她，假裝剛剛想到的樣子。

「我六點鐘有個約會。我差點忘了。」

「跟誰？」

「跟一個男的，」我說。這是我想到的第一個謊話，但是夠用了。

「可是我們聊得正開心。」

她絲毫無意起身送我出門。我站起來。

「不用麻煩了，我自己拿，」我說，從機器中拿出原版錄音帶。還是慎重為妙。我絕不打算再次落入這個女人的魔掌。

她不出所料開口抗議。

我堅定地回答，「這對我有私人意義。我想要保存最清晰的拷貝。」

把卡帶放進外套口袋之後，我走過去在她臉頰吻一下。我至少可以，也應該這麼做。

「非常感謝，」我補充說。

我衝出她家，跑下樓梯跳進看見的第一輛計程車。我還是想不起她的名字。不是很罕見，就是太平凡。到底是什麼名字呢？我決定不再多想。無論如何，不管我是否知道她的名字，她確實幫上忙了。

我等不及要回家聽錄音帶了。

# 19

雖然有點亂，我甜蜜的家在等著我。我晚上出門去店裡之前有好多事情得做。帶子是否有用我並不太樂觀，不過一定會花掉我不少時間。

很難想像內向的布絲突然決定把所有秘密、她過去生活的細節，向某個所謂的記者和盤托出。意思是，除非她被下藥了。如果她是嗑暈頭，早晚她都會說出來，但是會扭曲混淆、眞假難分。

不可能預料嗑了藥的人會怎樣。有些人抽了幾根大麻之後，感覺就像置身夢中情人的懷抱——卻啥都不做只是昏沉入睡。

古柯鹼可能把一個男子漢變成柔弱到離譜的娘砲。吸個幾口，即使最拘謹古板的人都可能忽然裝瘋賣傻。我知道，我見識過。藥性退去之後他們會表現得若無其事。

店裡有個小姐茫掉的時候會在三更半夜瘋狂打掃，午夜過後擦窗戶。其實，有一次她還從三樓摔下來。

回家途中這些想法不斷在我腦中掠過，害我臉上一直傻笑。

我抵達時幾乎天黑了。夏季的白晝正在變短。公寓大樓的走廊電燈不亮。我咒罵。又斷電了。隨即想起這樣我就無法聽錄音帶，又咒罵一次。我的音響無法播放這種小卡帶，原本指望用答錄機的。結果卻沒電。我咒罵著市政府、電力公司、能源與資源部，也沒忘記部長本人和全體幕僚，加上中央政府、國會和該爲停電負責的每個機構和個人，一面走進家門。我在黑暗中摸索著爬上樓梯，有很多時間可以一一譴責他們。

雖然外頭天還沒全暗，走廊裡已一片漆黑。我連找鑰匙孔都很吃力。

不出所料，家裡也沒電。我從口袋掏出帶子放在桌上，脫掉汗濕的衣服。把衣服吊在陽台上風乾。全裸走出去後陽台對我似乎完全不成問題，輕微暴露癖是健康的。我往臉上和頭髮潑水，有振作精神之效。

現在當然沒辦法看電視。就在我需要猜謎節目療法的時候。我準備了一大杯冰茶，裸體癱在沙發上。錄音帶在桌上回看著我，我的視力適應黑暗之後它的輪廓越來越清楚。我一想到內容不禁心跳加速。如果布絲眞的嗑茫了，大膽透露她睡過的每個人的身分，我會有無數個重要的新線索。

我身體緊繃。我很清楚自己需要什麼，但我盡量不去想。窗子開著。涼風拂過我裸露的肌膚。

我等待電冰箱的運轉聲，復電的第一個跡象。有人敲了一下門。門鈴當然不會響，但我確定聽見了敲門聲。這時候會是誰呢？我第一個想到的是胡笙。我決定先從窺孔看一下，躡手躡腳走向門口。沒有比優雅地飄向門口更愉快的事了。我不是沒有天份。我不像那些學不會穿高跟鞋走路的人彎曲膝蓋，而是踮著腳尖走路，就像現在。

走廊太暗了看不清楚。但我看出一個人影，輪廓絕對是個男人。我被激起好奇心。我門外突然出現一個男人並不常見。尤其在我迫切需要的時候。正是天意的例子。通常，每當我心情對了想上床，總會出什麼差錯。我看上的男人編個藉口，就沒搞頭了。會是誰呢？我很羞愧地說，我向肉慾和好奇心屈服了。

我不能光著身子開門。

「誰呀？」我問道。

「是我，凱南，警察。」

他說「警察」的時候壓低音量。好樣的，沒必要讓整棟大樓的人知道。

「等一下！」我大叫。

我很興奮。全身發抖。今天肯定是我的幸運日。我尋找蔽體的衣物。最先找到的是昨晚的羊毛披肩。我盡量把它調整得友善一點。

我打開一道門縫。訪客只看得見我的頭和裸露的肩膀。

「有什麼事嗎？」

「呃，你說過我下班後可以過來。」

他穿著便服。他有洗髮精和芳香劑的氣味。當他盯著我露出的身體，眼中無疑露出了希望的光芒。我萬事俱備，但是必須先打情罵俏一番。我把門再打開一點，露出全身。像老片裡的吸血鬼，一手抓著門把，另一手抓著披肩。能遮的地方有限。遠超過得體的程度出現在他眼前。

他表情變了。如果這時有人進入大樓或打開大門，我會丟臉。凱南盯著我同時調整他褲子裡的隆起。完全不需言語。他的意圖很明顯。我幾乎全裸，無法再抗拒他。我無奈地迎接他進來。直接走向臥室。

老實說，這正是我需要的。對，如果能維持十分鐘以上會好一點。從他踏進來到他穿好衣服離開確實不超過十五分鐘。但是俗話說得好，教士不會天天吃燴肉飯，我也不能指望天天吃高級料理。天賜恩典也不過如此。不能夠忘恩負義，總比沒有好。比起我剛驚險逃離魔掌的女記者，這已經算是大餐了。時間非常短就結束了，他的床上功夫不好也不有趣，但不可否認該有的都有。電力還是沒來。這種時候還有什麼更好的事做呢？

我會寧可要多一點做愛，眞正接吻而非嘛嘴親吻。誰不會這麼想呢？但是沒關係。他排不進我的前十名，但還在二十名內。光憑他的體格就夠了。但是以表現來說，他排在接近吊車尾。

即使只是表面，凱南幫我紓解了壓力。他還沒走下樓梯，我已經進了浴室。這時電燈亮了起來。

# 20

我拿著布絲的訪談錄音帶，走向答錄機。機器顯示我有五則留言，但我決定晚點再聽。當下，我的好奇心全集中在錄音帶。爲了避免干擾，我拔掉電話線。如果有人一直打來，我還是可以用無線分機接聽。我開始專心聆聽。訪談以互相寒暄開場。布絲稱呼那個花癡女記者「夫人」。

她概述了她經歷過的轉變，多年來如何發展。詳細得令人痛苦。臉部脫毛的疼痛，更別提費用昂貴了。腫脹與後續的臉孔變形無法工作。當她的臉頰被觸摸時多麼刺痛，諸如此類。

她開始談她的家人。她小時候就失去了父親。父親年紀比母親大出許多：他比較早逝也屬正常。她很年輕就得負責充當母親的「眼睛」。她相信由寡母養大的獨子很可能變成同性戀。她自己的經歷似乎證實了這個理論。

母親瞎眼讓她比大多數同儕有更多自由進行性愛實驗。起先是無害的瑣事，大家都做過：在廁所偷看其他男生，扮醫生遊戲，愛上化學老師。但是等她過了青春期，發生了比較嚴重的轉折。十六歲那年，她喪失了貞操。

第一個指名道姓的人出現。尤素夫，她班上某個年長的男生，定期跟她發生性關係。她立刻墜入情網開始夢想著結婚。可是，男方一點兒也沒這個打算。其實，因爲費維茲不時跑到他家去騷擾他，他還會打她。

那麼我該找的人就是這個「尤素夫」嗎？當年那個瘦削赤貧的學童變成了腦滿腸肥的中年政客，決心清除過去所有不光彩的紀錄？這很有可能。出身貧寒的富商所在多有。他或許在日記裡魯莽地寫下了他對費維茲的感情，想當年多是女人跟男同志才有這個習慣。在那個年代，肉體魅力跟浪漫激情沒什麼差別。兩者經常混淆。許多不幸福的婚姻可以歸咎於某個階段激情消失，卻沒有昇華爲眞正的親情跟友誼。無法克服社會壓力的人就終結了自己得到幸福的機會。

這時我們的女記者開口，激動地宣稱她很清楚這是眞的。輕微的口齒不清透露出她喝醉的程度。在背景中，聽得見布絲深深吸大麻菸的聲音。

這場「災難」之後，費維茲開始跟認識的任何人上床。接受人生就是折磨之後，她決定要及時行樂，過程中故意玷污和貶抑她自己。

聲音裡誇張的顫抖出賣了布絲。最後幾句話經過排練與精心修飾以便對聽眾產生想要的效果。我們都會用詞藻漂亮的方式解釋我們過去的行爲，尤其比較污穢的部分。

從這裡開始，布絲的話模糊到幾乎聽不懂。她抽的大麻發生了作用，她簡直像風箏一樣high。我說過，我對毒品這件事完全沒有彈性。我一點也不喜歡藥物。我不僅不碰，也跟吸毒者保持距離。

到了高中畢業時，布絲已經自認相當有實務經驗了。事實上，男星賽米還帶她去過拍片現場。

賽米是個二流悲劇演員，出了名的喜歡孌童。布絲不可能讓他已經亂七八糟的過去更爛。他沒有理由使用勒索手段。

年輕的費維茲在片中有個跑龍套角色。後來，賽米把她介紹給硬漢型酗酒男主角阿提拉·厄坎。雖然他的這一面保密到家，他也喜歡沒毛的小夥子。他拍片期間把費維茲帶到一個小房間裡，衣服都沒脫，只拉開他的拉鍊，上了她。然後他把簽名照塞到她手上。她宣稱仍然留著紀念那一天，那次性交。畢竟當時的他還是小有名氣。

沒錯，我隱約記得有個演員叫這個名字。既沒天份也不英俊。已經銷聲匿跡好多年了。他跟許多個選美皇后結婚又離婚。此外，他把其中一個打成重傷，終於出現在他無比懷念的八卦小報頭條。虐妻可能是他壓抑同性戀的後果。女人經常會發現她們老公有無法容忍的狀況。她們通常無法完全理解，或拒絕理解其中的暗示。她們不考慮後果就大肆張揚。或許因此招來了野蠻的毆打。感謝費維茲，又一個八卦謎團解開了。

阿提拉·厄坎後來怎麼了？如果他被降級去演三流電視劇，我不會知道。因爲我對他沒什麼好奇心，別人也不太可能在乎。若有人企圖勒索他，他沒什麼好怕的。我把他從嫌犯名單刪除。對已經這麼慘的人落井下石沒意義。

賽米和阿提拉之後是一連串中年男士。其實，賽米的密友之一，是臨時演員，開始幫布絲拉皮條。顧客完事之後，總會宣稱她「又嫩又滑」，上過之後付錢給她。

某個晚上，她被帶到記者柯罕·圖克的豪宅派對，她是穿著女性內衣遊走賓客之間的成群年輕人之一。柯罕・圖克跟好友們在玩牌。費維茲奉命穿了淺色蕾絲內褲。另一個男孩只穿了吊襪帶，走動時他的那話兒晃來晃去。男孩們偶爾會被拉到大腿上坐，捏捏摸摸，或被搞。然後他們繼續玩牌。對這群名人而言風險相當高。費維茲被拉到桌底下。她給他們全體吹喇叭，因此還收了不少小費。凌晨她回到家時，屁股都被捏得瘀青了。

錄音播到這裡，女記者對她的編輯發飆痛罵。我很佩服她咒罵用語的多采多姿。她說她會使盡全力揭發柯罕・圖克，該報社最有名的台柱之一。她抓到他的把柄了。無論如何，他絕對是個叛徒。當時她對他的斷袖之癖毫無所悉。他有個大他很多歲的有錢老婆。她出門度假時他會舉行單身漢派對。有人問起他辦的派對，他會斥爲無稽之談。就是這麼無恥。反正這些醜事又沒有可信的目擊證人。錄音內容在法庭上無法成爲證據。派對上的其他人自然不會出面。無論如何，知名記者們因爲互相避諱享有某種程度的豁免與保護。

在此我不同意女記者。我要找的名字很可能就是柯罕・圖克。布絲提到了信件和照片。即使他們沒有戀愛關係，光是一張當晚的派對照片就夠了。信件只是裝飾附件而已。

同時，布絲發現自己賺得越來越多，藉此提升了社會階級。每個熱門店家，每個時髦的度假勝地她都去過。除了男人，偶爾女人也需要她的服務。女同志作詞家蘇亞特帶她去過波德倫，參加「藍色旅程」環遊愛琴海。布絲喜歡跟客艙服務生調情，但是無法逃出歌手鋼琴師馬赫姆・葛塞爾的魔掌。那個「角色」——在此是貶抑詞——醜陋到了極點，但是有金剛那麼大的屌。他一有機會就操她。每次都痛得要命，但是一臉痘疤的馬赫姆不理會她的哀號。「這裡沒有人聽得到你叫，」他會嘲弄費維茲，同時爬到她身上。身爲暴露狂，他通常在甲板上嘿咻。當著眾人面前。蘇亞特會一手端著威士忌加冰塊，一手抽菸，邊看邊發出沙啞笑聲。

女記者插嘴證實那個歌手鋼琴師是眾所周知的暴露狂。她用激動顫抖的語氣指出他即使在舞台上也會脫上衣，冒著熱衰竭的風險，以便讓觀眾欣賞他健壯毛茸茸的胸膛跟鼓起的二頭肌。她聽說過關於他那話兒的謠言。沒錯，她很感興趣，甚至稍微幻想過他。可是天啊，他好醜。

懾於這些人的名氣，布絲／費維茲啥也沒說。但是每次都是痛苦的折磨。好心腸但是屌不大的服務生——顯然也是隱性同志——事後會安慰她，用擁抱和按摩紓緩她的痛苦。

「重點不是大小，是技巧，」女記者道貌岸然地堅稱。眞的嗎？大小當然很重要。我是說，茄子跟秋葵怎麼能比？

帶子的A面到此結束。接著是一大段閒聊和簡陋的性愛哲學論，女性的卑劣與男性的欺詐。訪問者與受訪者顯然都不擅言辭。布絲語無倫次地在話題之間跳來跳去。事後她一定也覺得要否認自己說過的話並不難。

然後布絲／費維茲開始激動地表示她決心建立一個美好新生活。她開始聚焦在自己的身體與變成完整女人的過程。每個程序都很昂貴。她正開始轉變時，認識了蘇瑞亞。他挺年輕，年近四十，但還是比布絲年長得多。很有男子氣概。不算英俊，但有奇特的魅力。布絲被問到他是否還像從前一樣有魅力。

女記者的聲音幾乎聽不見，因爲她離麥克風相當遠。用答錄機播放更難聽得清楚。雖然我沒聽懂她說的每個字，但主旨跟蘇瑞亞有關。她很驚訝。她就是無法相信。

這個布絲和女記者似乎都認識、名叫蘇瑞亞的人究竟是誰？我無法回答這個疑問。我繼續聽下去。

這段戀情維持了幾年。對外完全保密。約會時布絲會去他家見他，因爲他獨居，有時得等待幾小時才見得到他。然後她會過夜。如果蘇瑞亞必須開會，或到外地出差，他有時會離開好幾天。當時他跟黨的關係很密切。他會叫布絲別去見其他人，留在家裡等他。他嫉妒心非常強。

黨？什麼黨？這個蘇瑞亞到底是誰，他跟黨有什麼關係？我心裡還沒問完這串問題就找到答案了：目標黨的第二號人物，蘇瑞亞．艾洛納！我關掉答錄機。我需要一點時間想清楚：目標黨和蘇瑞亞．艾洛納。這些字眼在我腦中盤旋。不會吧！我發現我的下巴差點掉下來；目瞪口呆。我到浴室往臉上潑冷水。沒有用。我又喝了杯冰水。

目標黨是保守派大黨之一。其原則與政綱都根據核心家庭的角色，而且對於男性擔任一家之主的傳統角色毫不讓步。雖然不是正式政策，該黨成員都是男人中的男人。他們幾乎什麼事情都反。男同志位於賤民名單的最底層，就像該踩死的蟲子。事實上，如果目標黨執政，同志都會被槍斃。

理論和實務的鴻溝就是這麼寬。這個黨的第二把交椅竟然是個不折不扣的雞姦者。

該黨大多數黨員是男性。或許在象徵性職位有女性，但我從未聽說過。

在他們「男子漢」形象中最不可能容許的就是同性戀關係。黨的副主席蘇瑞亞．艾洛納是個同性戀！光知道這點就有生命危險。記錄下來只會招致更快更致命的下場。我想到這裡，後頸汗毛直豎。索菲亞說得對，光是知情就很危險。

何況這些記錄被用來勒索！這簡直是自殺行爲。我們家布絲一定不可能做這種事。比較可能的是蘇瑞亞．艾洛納懷舊時想起那些照片，決定拿回來。要不然，就是派出他的手下。照片和信件曝光可能導致全黨崩潰。他們的主席已經好一陣子沒有公開露面。雖然沒人公開談論，大家都知道現在是蘇瑞亞．艾洛納當家。他是寶座背後實質的掌權者。

艾洛納的私生活讓媒體相當感興趣。他很年輕就結婚，但是幾年後在嚴重車禍中失去妻子。很難相信他下半輩子都在哀悼，但是大家都習以爲常。

至於他的兩個子女，一個已婚。他們私下過著很隱密的生活。他兒子好像搬到加拿大還是美國去了。女兒已婚，有小孩並且默默扮演稱職主婦與自我犧牲的母親角色。

聽說艾洛納跟寡母與阿姨住在一起。閒暇時間他會健行和騎馬。假日就帶母親和阿姨去溫泉區。他從未拍過穿短褲、泳裝或圍著傳統浴巾的照片。我不記得看過他沒打領帶的照片。從來沒人提到他的男女關係。其實，連暗示他可能有感情生活的人也沒有。彷彿沒有證據顯示蘇瑞亞．艾洛納曾經跟任何人交往，無論剛喪妻時或現在。

因爲他受人敬畏，沒人敢對這件事說閒話。

而可憐的布絲，高貴的女孩，淪爲他的受害者。她的盲眼母親莎碧哈可能也被他殺了。

我的好奇心滿足了，但我只希望不必因此付出太慘痛的代價。

我不知道該不該聽完其餘的錄音。知道更多只會讓我的處境更危險。我知道越多，越可能改天不慎說溜嘴。我能夠確定未來某天，或許在情人懷裡，或爲了某事生氣，不會失控透露所知的一切嗎？我怕我自己；也爲自己擔憂。我們都是不可預測的動物啊！很難說我會脫口說出什麼事情。即使我從不會這麼多嘴，我一定也渴望改天跟某人分享我的秘密——這麼勁爆的事情我不可能守口如瓶。那樣我會喪失所有自尊。我的自信會粉碎。我就不是我了。

我按下播放鍵。沒有回頭路了。布絲的聲音繼續說：

「但他總是很愛吃醋。尤其關於我。不准這樣，不准去那裡，晚上不要出門。過一陣子他開始贊助我的生活費。靠我媽的老人年金不可能過活。你知道她領多少嗎？我眞同情老年人。他們連活下去都很吃力。」

「總之，多虧蘇瑞亞，我們過得很舒適。一切的一切，再稀有的東西，只要我開口就能得到。他一向很慷慨。眞正的紳士。過一陣子他開始登門拜訪。他很喜歡我媽。她也挺喜歡他。他總是記得吻她的手陪她聊天。她很感激。剛開始她不太清楚我跟他的關係，但是過了七年她一定心裡有數。呃，我們就像一家人。分手時我傷心欲絕。她還安慰我。有多少母親會這麼做？

嗯，這倒有趣。蘇瑞亞先生跟同性情人的母親。典型的岳母女婿的關係。我沒見過莎碧哈女士，但是不難想像那個場面。瞎眼母親，面露茫然的微笑，坐在最喜愛的搖椅上。空白的眼睛望著天花板。在她面前，他兒子與蘇瑞亞陷入激情的苦悶。他們無聲無息地做愛。母親垂著雙眼，朝他們的方向視而不見。他咬著嘴唇繼續，不出半點聲音。完事之後，蘇瑞亞吻老太太的手感謝她的招待。就像電影的情節。但我忘了是哪部片。要是在猜謎節目被問到，我會被淘汰。

噁！眞難想像蘇瑞亞．艾洛納嘿咻。根據從媒體上看到的他，他是似乎已超脫淫慾的那種人，不是禁慾自制就是天生沒有慾望。很少人會讓我這麼想，但他就是。他的行爲、談吐、態度、手勢、穿著……全部如此。身上完全看不出一絲絲有性意味的東西。

我搜尋舊報紙找他的照片。他對媒體並不太友善，以嚴厲控告媒體聞名。他當然在我喜歡的報紙沒怎麼曝光。但是徹底搜尋之後，我終於找到了一張照片。我仔細研究。想像他跟我們的小姐交往簡直是侮辱她們。

剩下的錄音又提到了許多個人名。我認得一些，也有些很陌生。沒什麼特別危險的類型。至少半數有許多八卦傳聞，沒什麼新的梗。勒索或許有可能，但是不太可能採取殺人這麼極端的手段。

我不確定該怎麼處理錄音帶。最勁爆的辦法是洩漏給媒體。但是話說回來，我就是從記者身上得來的。如果他們看不出這裡頭的新聞價值，那是他們的問題。

另一個選項是試著把帶子交給蘇瑞亞．艾洛納。會有危險。如果我貼到網路上，不可能追蹤得到發送者。但還是有風險，他們會認出女記者的聲音，設法透過她找到我。那就慘了，慘絕人寰的慘。他們終究會抓到我。

剩下的選擇是毀掉帶子或把它藏起來。哪個比較好？即使我毀掉它，我怎麼證明？假設他們找上了我，他們會相信我嗎？我怎麼說服他們？只要那個女記者不說，沒人會知道我有拷貝。我決定保留著。

然後是附帶的問題，答對了也沒有獎勵：我該藏在哪裡？藏好之後，對我會有什麼好處？不過那又是另一回事了。

# 21

我不能再想錄音帶的事，該準備上班了。否則，我趕去店裡會遲到。按照週末慣例，店裡會又擠又亂。我在門口設想要謝絕光顧的名單。

那個女記者，管她叫什麼名字，絕對不准進來。我有現成的藉口：週末期間謝絕女客。美容院老闆貝琪絲的老公，法魯，如果單獨前來也不准進入。我昨晚已經犯錯了。如果他帶某個小姐出場，照例，貝琪絲會大吵大鬧。我也不喜歡他跟我調情。

至於週末在同志酒吧沒搞頭所以才上門，爲了節省旅館費用待到天亮的所謂「男同志」，他們也不准進門。他們都是在情況需要時才演戲裝好朋友，但平時對我們只有嚴辭羞辱。我不會容忍這種階級意識。

窮光蛋尋歡客，整晚只點一杯啤酒的人也要謝絕。在工作天晚上我會容忍他們，但是週五週六晚上店裡太滿了。肯尼有辨認他們的超能力。這是一種天賦。

至於令人傷腦筋的索菲亞——反正她不會屈尊前來——禮貌地婉拒她吧。

過氣演員阿赫梅．庫尤總是痛毆他的女伴讓她們整整一星期無法上班。他也要禁止光顧。要阻擋他一點也不困難，因爲他總是喝茫了才上門。

納蘭和梅塔這兩個小姐最近嗑藥太過頭了，不能放進門。我不想惹麻煩。

上星期鄧波．貝札跟瑟瑪挑釁鬥毆，也不准進門。不管她帶多少客人上門都一樣。賽拉普的瘦小情人也要謝絕。肯尼一定找得到藉口。總不能作什麼決定都要我想理由。

即使忙著擬名單，我心裡還是想著另一個惱人問題。布絲爲何在訪談過程中向女記者透露這麼多事？當她告訴我她從來沒有也絕對不會背叛舊情人，她是什麼意思？似乎一有機會她就輕易吐出了她和蘇瑞亞．艾洛納地下情的所有細節，對方還是個記者。

這實在不合理。我百思不解。對，訪談時她抽了大麻喝了幾杯酒。但是這個解釋無法滿足我。不夠完整。布絲對藥物不陌生。她從多年來守口如瓶變成大鳴大放。還是對記者！呼幾口大麻不會造成那樣的轉變。

我對她突來的大嘴巴想出一些不太可能的解釋。或許記者——她叫什麼來著？——用了麻醉藥，某種自白劑。不，那太離譜了。記者怎麼可能事先料到一個中年變裝者竟然暗藏這麼勁爆的秘密？

然後也可能是布絲對女記者產生了某種愛戀，他們親密到足以讓她毫不恐懼地吐實。那不可能。布絲跟女人上床時很挑剔的。而且，那個女記者看不出任何女同志的傾向。她勾引我不具任何意義。畢竟，吸引她的是我的男性面。我連乳房都沒有，就像布絲。那個記者似乎完全不在乎布絲之死。她看來一點也不難過，甚至認爲布絲只算是熟人而已。

另一個可能性是掀舊瘡疤。也就是，蘇瑞亞．艾洛納可能在訪談前惹她不高興了。布絲宣稱他們一直保持聯絡，是好朋友，而她永遠不會背叛他。但是俗諺「女人的嫉妒比地獄怒火更可怕」套用在布絲身上也是眞的。報復慾可能壓倒一切，尤其喝酒呼麻之後讓她說溜了嘴。不能排除這一點。但我想起那晚我們在辦公室談話時她的貴婦氣息，覺得不太可能。

最後，我忽然想起催眠的可能性。最近我看過關於這個主題的書。至少理論上，催眠可以讓任何人說出任何事。這個技巧在我看的犯罪小說裡越來越常見，作爲劇情橋段。眞實世界裡爲何不能依樣畫葫蘆？但是這有個明顯的疑點：誰催眠了她？我不能排除女記者懂這個技術的可能性。但她爲什麼決定用在布絲身上？

雖然有所保留，我決定請教我電話簿裡的一位催眠治療師。他號稱是這一行的頂尖權威，至少在他著作的封面封底是用大字如此宣傳。我們認識時，他送了我三本簽名書。他請我幫他設置一個關於催眠的網站，我跟他曾經合作過。參與計畫期間，我每天早中晚都會打電話給他問生意好不好。這是我跟客戶們搏感情的習慣——至少收到費用爲止——這是我的作風。但並不表示生意結束之後我還會接他的電話。

我打了兩次給催眠師。兩次都沒人接。他一定不在家。我猶豫要不要留言，然後想起來電者不吭聲時自己多麼火大，決定還是留。如果他不回電，我會晚點再打。

我眞的該拋開關於布絲的念頭專心打扮了。我或許不會每天晚上穿全新的衣服，但我至少選擇能幫我鶴立雞群的配件。身爲老闆，我也感覺有責任去符合這個榮譽，給小姐們作個好榜樣。我當然隨時保持光鮮亮麗，也期待我的員工比照辦理。

我把已故的影星當作主要靈感。這年頭，沒有值得模仿的人，或許雪兒和瑪丹娜例外。但是雪兒自己就像變裝者，有啥好模仿的？至於瑪丹娜，她營造的形象是自然單純，似乎不假思索的輕鬆造型。那樣行不通。回想她穿她緊身胸衣的日子……那又不同。我們全都模仿她的服裝。這年頭，我們聽聽她的音樂就好。我是說，眞的，你能想像我們的小姐穿低腰粗布工作褲、頭戴超大牛仔帽嗎？我們這一行要求的是精緻華麗。

我決定模仿奧黛莉赫本。高雅低調的打扮。我確實沒那麼優雅，但是搭對了服裝和化妝還是可以製造幻覺。沒人眞的會把我認成奧黛莉赫本，但我向她致敬的穿搭很明顯。我必須承認關於化妝品的微妙之處是跟索菲亞學的。然後隨著歲月加以改進，我的技巧現在超越她了。

在冬天，我喜歡仿效奧黛莉在《甜姐兒》穿的衣服，在巴黎地下夜店跳舞的那場戲。緊身黑毛衣和喇叭褲加一雙無裝飾的黑色懶人鞋。把頭髮往後紮成馬尾。感謝眞主賜給我們接髮、假髮和髮片！在炎夏時，這種服裝就完全不適用，更別提多不舒服了。這時我會傾向類似她跟賈利古柏合演《黃昏之戀》穿的那套洋裝。我擠進一件淡藍色無領無袖、搭配布腰帶、只到膝下長度的連身裙。好看極了。爲了符合奧黛莉的平胸，我放棄水餃墊胸罩。使用大量髮膠，弄出了想要的髮型。在脖子上綁一條飄逸的白色雪紡絲巾。再加上羔羊皮白手套和白色懶人鞋就完成了。手套或許有點誇張。我們的小姐不會懂的。她們會以爲我想遮掩我的雙手。我必須忍受長了濕疹或疣的愚蠢謠言。我脫下手套塞在腰帶裡。我在全身鏡中滿意地檢查自己：八九不離十了。誠實的評價，我被迫因爲在晚上穿日裝扣掉整整一分。

我打電話叫計程車，指名不要胡笙。反正他不在。不曉得跑哪去了？如果他根本不知道自己被拒絕了，拒絕他的服務有什麼好玩？

我出門時發現有張照片稍微歪了。是我在倫敦的同志大遊行跟RuPaul的合照。我們把

RuPaul當成我們的守護聖人。沒這種看法的人我也會鼓勵他這麼想。

我整理相框時突然有種既視感。我最近做過同樣的事。但是什麼時候在哪裡呢？

我忽然想起來：是在蘋果臉家，客廳牆上的裱框照片！在那張照片裡，她老公握手的對象是……蘇瑞亞．艾洛納。該死！

# 22

店門口有一大堆人。我走過時感覺無比驕傲。但是，我擠過人群時遭到的鹹豬手一點也無助於提升我的優越感。有個金髮男人伸手過來被我逮到，把他的手臂扭到背後。力氣再大一點他的肩膀就要脫臼了，但我想沒必要用這麼激烈的手段。畢竟，時候還早。

肯尼聽見那傢伙的慘叫，從人群中走出來護送我到門口。

「嗨，老闆。你還是一樣美麗。」

「謝謝，親愛的，」我回答。接著把他拉到一旁宣布今晚的不受歡迎名單。他往前傾，專心聆聽。

「梅塔是哪個？」他問道，「高大的，還是永遠戴著紅假髮那個？」

「那有什麼差別？」我怒罵，「一個是納蘭，另一個就是梅塔了。」

「我應該要能分辨他們。顧客們喜歡被指名稱呼。你知道我們一向重視顧客滿意度……」

這小子真是太搞笑了。他對工作非常認真，總是很嚴肅地發問，但是那副正經八百總是令我發笑。畢竟，我們這是三流人妖夜店。誰在乎我們的顧客是誰？

「別擋路！」我笑道。我們的男員工都知道我發怒通常是開玩笑。

「喔，差點忘記，老闆，今晚你運氣不錯。有兩個男的先後問起你。我仔細打量過他們。他們似乎只是普通帥哥，所以我放他們進來了。其中一個十分鐘前剛到。隨你選。」

肯尼最後調皮地眨眼，幫我撐開門。我走進去時，他對我行個軍禮。他眞是諧星。

我一進門就被震耳欲聾的舞曲呑沒。忍不住跟著節拍走路。我的衣服在店內紫外線燈光下閃爍磷光。也就是，我照例仍是目光焦點。

我立刻遇到了同志作家瑞菲克．阿爾坦。他是敝店常客，但通常很晚才上門，跟不喜歡變裝小姐的男人搭訕。因爲他服務不收錢，在深夜很受來自貧窮社區的爛醉男人歡迎。瑞菲克有點自大與侵略性。雖然他沒像小姐們付我佣金，但花很多錢買酒也給很多小費。他最近的新聞讓他現在頗受矚目：他最近向還不知情的人宣稱自己是同性戀。在電視上，也在報章雜誌專訪中，他詳細描述了喜歡怎樣的男人。他也從他的同志觀點給各個男性名人打分數。轟動出櫃似乎大大激勵了他的自信心，他變得更加傲慢了。

「唉呀，你的衣服怎麼搞的？你看起來像婚禮上的年輕壁花，最後只能跟姊姊跳舞的那種。」

憑這種開場白，很難指望有親切的對話。穿著奧黛莉赫本華服一進門就被比喻成女壁花眞是令人洩氣。反擊永遠是個選項，但我認爲沒必要。

「這正是我要的效果，」我假笑一下說。他同樣虛僞地露齒乾笑一聲回應。

「你眞搞笑，」他又說。

我走過時，他又抓住我手臂。

「你找到想要的東西了？」他問道。

起初我不懂。他不笑了。他非常嚴肅。

「布絲的照片，」他明講。

他還是抓著我手臂。

「這是什麼意思？」

「少來，親愛的，」他說，「我全都知道。不需要對我隱瞞任何事。」

這是怎麼回事？他怎麼會知道布絲的照片？所以他今晚才提早來店裡？

「我沒在找東西。如果有，早就找到了。」

「少來『貧困出身的可憐傻瓜』這一套，」他說，「不適合你。如果你找到了通知我一聲。我會幫你賣掉。我了解市場。我有門路。」

該死的混蛋！原來瑞菲克．阿爾坦也在找照片，為了他自己的理由。我不曉得他知不知道是誰的照片。但我不打算提起蘇瑞亞．艾洛納的名字。

從現在起，我也得盯著瑞菲克才行。

「祝你好運，大姊，」他告辭離去。

我不喜歡被稱作「大姊」。尤其從男人嘴裡說出來最糟糕。小姐這麼叫可能是表示團結，但他這種人不會！

新加入我的嫌犯名單，除了她老公跟蘇瑞亞．艾洛納拍過合照，外表無辜的蘋果臉，就是混蛋瑞菲克．阿爾坦了。

爲了避免更火大，我決定別再跟他有任何瓜葛。我走向吧台去跟員工打招呼拿我的酒。蘇克魯在忙。他一面調酒一面喃喃自語，沒有抬頭看。

一隻冰涼的手摸到我手臂。我轉身。是個黑西裝男士。他相當年輕。

「晚安，」他口氣平淡地說。

「晚安，」我回答。我上下打量他。他一定是兩個指名找我的人之一。我努力辨認他的臉。不，我不認識。他似乎不是壞人。除了冰涼的手之外，他沒什麼討人厭的地方。手仍放在我手臂上。這是好跡象。

他的西裝剪裁精緻；臉上刮得很乾淨；白襯衫燙過。黑領帶穩穩固定住。他儀容整潔，瀰漫香味又比我高。他的藍綠色眼睛對比臉孔有點小，但跟淡褐色頭髮很搭。他的下巴堅毅，脖子很粗。雖然不是約翰．普瑞特，他絕對算得上傳統認定的型男。

我回想上過床的男人。即使第一眼認不出他們，如果我看仔細一點，或聽到他們講話，總是想得起來。他不是我睡過的人。他一定是某天晚上來過店裡看到我，然後回來找我。但我爲什麼沒注意到他呢？他的臉孔會吸引我才對。

我在吧台上稍微俯身跟蘇克魯打招呼。他伸手端出我的 Virgin Mary。他把臉湊近我，低聲說話避免旁人聽見：

「我們開門之後他一直在等你。他沒看過別人一眼。芙絲拉倒貼他，但他沒回應。他也拒絕了艾琳。他整晚都在問你的事。」

我轉身看看西裝男子。他一手拿著檸檬汽水，另一手拿著手機，害羞地對我微笑。

既然他等了這麼久要見我，應該可以更積極一點才對。我希望被勾引。他這種羞怯的笑容，似乎在扮演賈利古柏的角色。

賈利古柏確實在《黃昏之戀》用這種微笑勾引過奧黛莉赫本，但我不是奧黛莉赫本，他也不是賈利古柏。我要更多。他這個年紀的男人根本不認得賈利古柏是誰。

我露出致意的表情，但是打算走進大廳。畢竟，顯然還有另一個男士在等我。西裝男直接擋住我的去路。除非他讓開否則很難閃過。我抬起目光直視著他眼睛。

「讓讓好嗎？」

「我們可以坐下來聊一下嗎？」他問。

「這裡不方便講話。」

他臉上閃過擔憂的表情。一開始就嚇唬我是行不通的。

「我不介意晚點再跟你談，或許，但是我現在需要見一些人，」我告訴他。

「我有重要的事。我等了你一整晚。」

好一點了。但對我肯定還不夠。我必須看看還有誰在等。競爭一向很好玩。我們早就被眾多選擇寵壞了，從猜謎節目、大學、電視頻道到貨架上的產品……同樣原則也適用於男人。

「呃，拜託……」他堅持。我賞他的臉色無疑很清楚。他讓開。我聽見他在背後說：

「我會等你回來。」

我感覺他盯著我背後。我沿路親吻遇到的小姐，消失在人群中。

舞池爆滿。有些年輕人在炫耀家中苦練的舞步。即使沒什麼人注意，他們固執地繼續整晚秀舞。他們開創了在夏夜脫衣服的流行。脫掉汗濕的T恤，露出多半相當瘦小的身材。三不五時，有個肌肉發達的樣本加入他們的行列。我們都會讚許地欣賞他。會跳舞的猛男帳單可以立刻得到大幅折扣。其實，有些小姐甚至會免費跟出場。

其中一個叫做雅夫茲的，正在舞池中。這小子不錯。他沒有隆起的健身房肌肉。他勻稱的身材特徵是肚皮很會扭，活像一盤果仁蜜餞。全身上下一點脂肪也沒有。他的古銅色皮膚完美無瑕，流汗時會反光，讓他更難以抗拒。這種身材渴望被愛撫。雅夫茲很清楚自己鶴立雞群的效果，單獨跳舞，根本懶得看四周的人。他的牛仔褲寬鬆地掛在窄臀上，一撮毛髮從肚臍延伸消失到胯下。偶爾，可以瞥見他四角內褲的鬆緊帶。有的小姐看到四角褲就腿軟，也有的喜歡運動鞋配白襪。她們大叫「啊，好白淨亮眼的小夥子」。如果有人的白色三角褲居然沒有污漬，她們可以一直說上三天三夜。

我感覺賈利古柏就跟在我後面。我忍住轉身的衝動。我跟身邊的小姐交談。

我看向舞池對面牆邊的一排桌子。中年以上的顧客不跳舞。他們只會看。照老派舞廳的傳統，他們看小姐們跳舞挑選過夜的對象。他們會點大碗堅果和大盤水果，揮金如土，至少他們自認如此。換句話說，他們是大金主。我忽然發現胡笙也坐在裡面。我們四目交投。他笑了。我不理他。我視線盯著他坐的大致區域，茫然看著空中。他揮手。有個我們的小姐坐在他那桌，穆潔。她在當年艷星穆潔·阿爾全盛時期取了這個藝名。從此他就把黑色長髮染紅。她有過胖問題，永遠在節食。看在眞主份上，你聽說過變裝者有胖子嗎？呃，穆潔就是一個。她會宣稱她只是「圓潤」。

原來胡笙在店裡。他不在計程車行值班，卻跑來這裡！我充滿了難以言喻的怒氣。從來沒有計程車行的人，或甚至社區鄰居，來過店裡。他卻來這裡當顧客了。其實我沒什麼理由反對，但我一點也不喜歡這樣。我能理解他跑來這裡看我。但雖然爲了我，他坐在胖子穆潔旁邊。不可原諒。欣賞我的人不可能同時喜歡她。這太污辱人了。無禮的混蛋！

如果要找我的另一個人是胡笙，他失敗了！不對，不可能。肯尼認識胡笙。在門口他就會告訴我來者何人。胡笙經常載我來上班。肯尼每次都看得到他。他們甚至打過招呼。意思是，在人群中，我還有另一個仰慕者。

我解開絲巾讓它輕飄飄披在脖子上。如果他跟穆潔坐是想要刺激我，我就讓他值回票價。找個比她好得多的人。沒時間浪費了。除非我立刻行動，否則沒有效果。我另一個粉絲可以等。我得在雅夫茲和賈利古柏之間選擇。

雅夫茲不太可能會回應。他剛來光顧時會接近我。然而，我不像其他小姐願意免費提供服務給店內顧客。如果我要在店外跟人見面，沒問題。我是爲了自己高興。那不一樣。但我在這裡是老闆，我不想當壞榜樣。這是單純的原則問題。

賈利古柏站在我背後。我可以轉身，挽著他的手臂優雅地飄過舞池到桌邊。他又高又帥，是唯一穿西裝的年輕人。他一定會吸引眾人的目光。此外，我不用再去認識新的人。畢竟他已經是現成的了。

我決定選西裝男。不出所料，他就在我背後。

「你想跳舞嗎?」我邀他。

他猶豫。我不喜歡被拒絕，尤其在自己的店裡。

「我寧可找張桌子坐下，」他說。

他牽著我手臂，打算帶我繞過舞池。我想要橫切過去，讓大家看見我們。

「貴姓大名?」我問。

「蘇利曼。」

「幸會。」

我拖著他進舞池。他似乎很緊張。我告訴自己如果他眞是第一次來店裡，而且他要我，這態度是正常的。蘇利曼用緩慢優雅的步伐，一手攬著我，我走過舞池。他的白襯衫有螢光，就像我的衣服。會發亮。我確信胡笙在看我們。我沒看他的方向，注意力集中在蘇利曼，坐到最偏遠角落的一張桌子上。

角落桌不太受歡迎，因爲很難看到舞池也不會被人看見。因此，相對安靜。通常只用來講價、檢查商品或交頭接耳。因爲舞池滿了，我們才能找到空座。

蘇利曼替我把椅子拉開。佩服。大多數男人完全忘了他們的禮儀。他們連開車門都懶。這都要怪女性主義者跟女同志。

蘇利曼坐在我對面。我起疑了。哎呀，做這種事最好並肩而坐。他坐下時解開外套鈕扣，稍微拎起褲腳。他坐得筆直。他不算積極，而且一點也不健談。只是專注地盯著我。我配合他，也挺胸坐直，沒有倚在椅背上。如果這樣下去，看到我們的人會以爲我們正在嚴肅地談生意，或是國稅局來查帳了。我瞄向胡笙。他似乎對穆潔很有興趣。他察覺到我的目光，也看著我。我們眼神交會。我慢慢啜口酒，挑逗地看著蘇利曼。

「我第一次在店裡看到你吧？」我開口。

「對。」

我繼續等。我希望他告訴我他在哪裡看過我，我有哪裡吸引他。沒動靜。我們枯坐著，默默對望。但他的眼神沒有跡象回答我的疑問。我無法抗拒堅強沉默的男人。

「你似乎話不多。」

「所以呢？」

「我不知道以前有沒有人跟你說過，你長得很像賈利古柏，」我說。以防他不曉得我在說誰，我又說，「老片的明星。」

「我知道，」他說，「我祖母老是這麼說。」

還不是他母親，是祖母！

「我祖父也長得像他，」他說。

他臉上又露出討喜的害羞表情。他要不是眞的第一次，就是個訓練有素的大情聖。他扮演害羞的情人角色簡直無懈可擊。

「那麼你想做什麼？」我問。

他沒回答，舉起手搔搔額頭。他微笑。牙齒勻稱又潔白。

「我想離開，帶你去別的地方。」

他顯然尷尬說太多了。雖然黑暗，我看得出他臉紅。他迴避我的目光。我發現他的第二次微笑更加迷人。

他動作很快。但我也不是省油的燈。至少，受邀離開店裡時我期待多一點引誘跟激情。

「不過時候還早，我才剛到。」

「我等了你兩小時了。」

他說得有理。而且只為等我，不是其他小姐。

「這裡剛剛熱鬧起來。我不想現在離開，」我說。

「但是我想，」他堅持。

終於，他那隻不知何故似乎無家可歸的手落到了我的膝上。一動也不動。

他沒說「拜託」。我覺得這個疏忽的魅力多過惱人。

他等我兩小時的耐心、帶我出去的決心跟毫不動搖的冷靜有種奇特的強制力。沒有討厭的毛手毛腳。他一點也不粗俗。假掰的人會這麼說，這似乎是一段美好友誼的開始。

我的風格就是風騷。這是我的方式。明知胡笙在看只會更加鼓勵我。

「如果你真的要我，你得耐心等待。我來這裡是要開心的。」

「我會送你回來，」他提議。

「但是我們要去哪裡？」

「回家，」他說。

「我家不行。我不跑長途，而且飯店費用要預付。」

他假笑一下，「不很遠。」

我應該注意到「很」這個字的，但我對胡笙的感覺讓我沖昏了頭。我必須表態，越快越好。而且，這個人還不錯。

照例，哈山前來解危。他穿著平常的低腰牛仔褲。哈山就像一般人認知在變裝酒吧露股溝的侍者那樣娘砲。我向蘇利曼道歉再轉向哈山。同時，我稍微伸出雙臂，雙手交疊放在大腿上。雙腿平行雙腳併攏。換句話說，我像奧黛莉赫本照片一樣完美。要是我戴著手套效果會更好。但是完美很難。我輕眨我的假睫毛，抬起眉毛瞪大眼睛，用懷疑又略帶笑意的表情向哈山示威。

「我沒看見你進來，」他說，「索菲亞打來兩次。她說很重要。」

我謝謝他。

哈山輕捏一下我肩膀，低聲說，「別忘了回電，」然後走掉。我想起瑞菲克．阿爾坦的提議，站起來再次向蘇利曼道歉。我趕上哈山，抓住他寬鬆的牛仔褲腰帶。

「瑞菲克怎麼會知道布絲的事？」我問。

「我哪知道？」他回答。

我一點也不相信。我放開他。他輕拉一下牛仔褲褲腰。

「聽著，」我說，「別耍我！我知道你是大嘴巴。但是有些事不能隨便跟人說。即使告訴瑞菲克你午餐吃什麼都不安全。他是個人渣。」

哈山驚訝地看著我。「可是我什麼也沒告訴他。」

我不能跟哈山浪費時間讓賈利古柏晾著。看來他決定否認到底。那是他的事。等時機成熟他一定會後悔。他最好給我小心點。

「我警告你，小心點，」我只說。

「他屁股露出來了，」我回到桌邊時蘇利曼說。

「現在流行這樣，」我說。

「我不行，無法接受。」

「怎麼了？你不以自己的屁股爲榮嗎，」我戲謔地諷刺他。

他不理會我的小笑話。蘇利曼連笑都不笑。

「那是什麼意思？」他問，「我得暴露我引以爲傲的所有地方嗎？」

我可以試探，「那麼說說看你最驕傲的地方」，但是這種老套留給其他小姐說吧。不是我的作風。

蘇利曼放在我膝上的手開始有了生命跡象。胡笙從遠處看著。當他發現我在看他，他轉向穆潔。他一定自以爲他在對我挑釁。白癡。

「呃，親愛的，」我說，「時候還早。我沒辦法待太久。但是既然你已經等過我……」

蘇利曼已經站了起來。他顯得更加高大。

「我去開車。我找不到停車位。十五分鐘後我在門口接你。」

「對了，親愛的，」我又說，「如果你有什麼變態主意，休想。」

他一手放到我肩上。「我沒有，」他說。

說來奇怪，但是有邪念的人通常會直說。「我希望這樣，我會那樣做」之類的。他不是那樣的人。

「我不會在門口等。你來了就通知我。門房的名字叫肯尼。」

「好吧，」他說。心不在焉地往我臉頰一吻，他走了。沒錯，在臉頰上。我坐著不動。

我決定等待時回電給索菲亞。誰曉得這次她會說什麼話損我。我找到哈山問了她的號碼。他記在腦中，我覺得很怪。昨天他才宣稱不知道她住哪裡；現在他又記得住她的號碼。

我走到頂樓的辦公室，關上俯瞰門口和舞池的窺視窗。否則吵鬧的音樂中根本聽不見自己的聲音。

我撥號。索菲亞接了。

「你好，索菲亞，是我，」我說，「妳打來過？」

「我知道你想幹嘛。」她有話直說，「我告訴過你別捲入這件事。但你卻一頭跳進來。」

她又用清晰的音節說話了。

「跳進什麼？你想你知道什麼？」

「你去過布絲的家，到處找過。你發現的……」

我猜想她是怎麼知道我這麼多事，但是其實都一樣。或許胖鄰居告訴她了，或者有人在監視那棟公寓。即使索菲亞派人跟蹤我都無法排除可能性。每種選項都可能成立。還有，她怎麼可能知道我發現了什麼？

「妳以爲我發現了什麼？」我問。我們之間的疏離讓我充滿無比自信。即使她的口氣令人不安，索菲亞必須親自在我面前才有威脅性。

話筒發出一聲電子合成的鼻音。

「你心裡有數。是你去找的。」接著她的口氣變嚴肅，「你一找到想要的東西，最好交給我。否則，整件事會無法收拾。交給我，我才能夠保護你。這是唯一的辦法。」

「可是我什麼也沒拿到，」我反駁。

「你會害死我們兩個。你在做傻事。不要。這很嚴重。無論發現什麼都交給我。他們知道在你手上。」

「我說過了，我什麼也沒有，」我說，「我進去的時候那戶公寓已經被洗劫了。每個角落都被搜過。」

「別想用你的小腦袋玩把戲！」她用最男性化的口氣說出這句。幾乎聽不出是她。我好多年沒聽過她這樣說話了。她立刻恢復自制回到她的女王發音法。

「他們知道你昨晚在哪裡。」

「『他們』是誰？」

「你充滿疑問，是吧？我不喜歡。一點也不。」

「他們是誰？」我追問。

「如果你再這樣，我就無能為力，」她警告。

「隨便妳，」我說完之後掛斷。

我的自衛技巧並不算差。況且，我眞的什麼東西也沒有，無論信件或照片。唯一到手的是問答雙方都喝醉或嗨翻了的訪談錄音帶。在法庭上沒有用的。科技早就可以複製出任何人的聲音。即使不能，錄音也可以拆解編輯成想要的句子。

索菲亞又令我不安了。她有點怪異讓我無法安心。

我下去店裡。哈山在樓梯底端走向我。

「你跟索菲亞講過了？」他問道。

「對！問這幹嘛？」

「她又打來了。她說線路忽然斷了。她在等你。我該怎麼告訴她？」

「我沒什麼好說的。」

「你要跟她講話嗎？」

「跟她說我走了。」

「她不會相信我的。」說話時，哈山臉上露出小姐們常用的表情。張著嘴唇嘟嘴。不適合他。小姐們用起來效果很好，在男人臉上就是不合適，無論學得多像。

「別撒嬌，哈山，」我怒道，「自己編故事。我不想跟她講。」

「ＯＫ，好吧。可是你爲什麼拿我出氣？」

他轉身，邊走邊拎起他的褲頭。

等我跟蘇利曼先生忙完回到店裡，我得好好斟酌一下索菲亞的問題。哈山的態度也有一點可疑。他到底怎麼了？我看錯人了嗎？爲何他似乎站在索菲亞那邊？爲何對布絲有興趣？

如果連索菲亞都害怕，情況一定很嚴重。我明知故犯被引入他們的陷阱，只是自找麻煩。

我瞄向門口的騷動。有一群五六個人走進店裡。帶頭的是蘇亞特和她的新女友，時裝模特兒。他們看來活像勞萊與哈台。接著是馬赫姆。暴露狂，歌手鋼琴師馬赫姆·葛塞爾，在遊艇甲板上搞過布絲。這下可好了。錄音帶裡提到的每個人似乎都到我店裡來了。

馬赫姆從未來過敝店。他現在跑來一定有理由。蘇亞特也不會無緣無故把他拖過來。但他們不可能知道我聽過帶子。他們什麼時候發現的？怎麼發現的？

他似乎很緊張，超過初次光顧變裝夜店的程度。哈山在門口迎接他們。他跟馬赫姆、蘇亞特二人過度親切的握手親吻看了很煩。哈山有鬼。我不曉得具體內情，但我會查出來。模特兒美得驚人，而且冷漠。

我不認識團體中另外兩人。我不確定，但他們似乎不是我想要為伍的人。

肯尼從現在沒人的門口向我揮手。蘇利曼一定來了。我不想遇到馬赫姆和蘇亞特。我現在沒空忍受他們質疑和暗喻的眼光。原本似乎很寬廣的店裡縮成了一小片獸欄。無路可逃。

我直接走向他們身邊。我先與蘇亞特擁抱親吻。她誇獎我的衣服。努力還是會有人欣賞的。雖然我從未被正式介紹給馬赫姆，身為老闆的我不應該忽視他。他太有名，我無法假裝不認識。

「歡迎，」我問候他，「很榮幸在這裡見到你。」

他牽著我的手拉向他捏了一下。表情看來好像正準備吃了我。

「是我的榮幸。」

他吸氣時，似乎吸入了我的香味想要留住。他沒放開我的手。簡單說，這傢伙眞是猥褻。甚至令人反感。

「很抱歉，我有事要離開，」我縮回我的手說，「赴約要遲到了。希望晚點能再看到你們。」

蘇亞特假裝惋惜，但馬赫姆似乎眞的不高興。像新玩具被搶走的小孩。他錯失機會了。

我離開時聽不到蘇亞特說了我什麼，但我不難想像大意。我漫步穿過人群到了門口。

# 23

門外停了一輛深色車窗的黑色福斯 Passat。肯尼幫我扶著車門，我用奧黛莉赫本的動作滑進等待的車裡。首先，我優雅地把屁股移到座位上，再把腿縮進來，保持膝蓋和腳踝併攏。肯尼關門時對我眨眨眼。他老是這樣。這是他確認記住了車牌號碼的方式。爲全體小姐們做的簡單防範措施。唯一的差別是小姐多到他必須用紙筆記下車號。這是我發明的小對策。

蘇利曼坐在方向盤前。我們上路。

「怎麼這麼慢，」他說。

「我出來時遇到一些重要的客人。我得打個招呼，」我道歉，「眞抱歉。希望沒讓你等太久。」

「不，不太久。都等待兩小時了，多等幾分鐘何妨？」

他眼睛盯著路面。動一下手指，車門鎖上。

「你爲什麼鎖門？」我問。

「比較安全。」

我懷疑要防範誰或什麼事，但我沒說話。既然他不愛說話，我就安靜坐著想事情。他的手放在排擋桿上。我把我的手疊上去。他轉頭對我微笑。他很迷人，我正要去跟他短暫幽會。還有反擊那個混蛋計程車司機胡笙的問題。小姐和員工們都知道在通常情況下我不會爲這種事輕易離開店裡。

雖然裝了昂貴的音響，他沒開音樂。空調低聲悶哼。忍受了一整天的炎熱計程車之後我沉迷在涼爽中。我喜歡奢華旅行，我想我值得。我放棄挺直的奧黛莉赫本姿勢躺回座椅上。

我把手從他手上移到他腿上。他似乎有點驚訝，再次對我投以大膽調情的目光。

「現在不行，」他說。

我尊重這點。最近交通事故越來越多，專心開車還是很重要。我縮回我的手。

他是個熟練的駕駛。沒有猛剎車或突然加速。我們沿路經過多拉代雷區到了環狀道路。

「對了，我們要去哪裡？」我問道。

「有人想要跟你談談。」

這正是所謂的炸彈發言。

「你說什麼？」

「有人想要跟你談談。我要帶你過去。」蘇利曼的目光仍盯著路面，雙手抓著方向盤。

「停車！」我大叫，「這個人是誰？他爲什麼不自己過來？」

「不可能。因爲不恰當。所以才派我來。」

不難猜測神秘人物的身分。有兩個可能。不是蘇瑞亞．艾洛納就是索菲亞所屬的黑手黨朋友之一。我不想在車裡指名道姓。但無論是誰，都是壞消息。兩者都可能要我的命。

「你要帶我去見誰？」我問，「誰要見我？」

「我老闆。」

這還用說。但我不清楚他老闆的身分。我們離開環狀道路然後駛過克梅柏加茲區的黑暗中。

「這我知道。你老闆是誰？」

「到了以後你就知道。我沒立場告訴你。」

「呃，他想談什麼？」

「我說過，我沒立場透露任何事。有人會向你解釋。我的職責是盡快把你安全地帶過去。」

我飛快動腦，大聲說話。

「我哪裡都不去。停車！」

如同任何小說或電影情節，他不停。但是，他嘴上露出淺笑。他心裡無疑在想，我可不會被可悲的人妖使喚。即使他停車，其實我也出不去。外面一片漆黑，而且我們正經過鄉下。

「停車！」我重複，「馬上送我回店裡！」

「冷靜點，」他說。

「我叫你馬上停車。」

同樣，他只是繼續開車。沒有停下，但是俯身拔出一把槍。這下我除了行動別無選擇。

無視我們正在公路上疾馳，我抓住他的右臂扭到他背後。

雖然表情驚訝，他沒出聲。我沒給他時間理解狀況，用手刀發出猛烈的一劈擊中他鼻子上、眉毛下的部位。他低呼一聲「啊」，腳離開油門。不過我們開始加速衝下山。我用第二劈突襲他，這次命中他耳後，接著出手奪槍。他的手緊抓著我手腕。他很強壯。較弱的人這時應該在痛苦掙扎了。我想用空閒的手打開車門。鎖住了。我必須按下兩人之間發亮儀表板上的某顆鈕。但是哪一顆？怎麼做？

爲了爭取時間，我猛戳他右眼。即使沒戳瞎他，他也要花好幾天才能正常轉動那隻眼睛。他哀嚎。他當然會慘叫了，這種傷很痛的。他本能地用右手遮住右眼，放開我。

「該死的人妖！」他罵道。

我開始亂按儀表板上的每個鈕。更精確地說，我用左手亂敲儀表板同時嘗試用右手開門。

他又抓我，這次用左手抓著我左臂。他的握力像鉗子似的。我這邊的車門鎖彈開。我出手劈他後頸。他的頭撞到方向盤。我的手臂才終於掙脫。

車子還在前進。這隻強壯的大猩猩，蘇利曼先生，還沒從頭部撞擊中復原。我必須承認他異常強悍。多想無益，我跳出車外。我上過的武術課程中練習過類似的動作。我對這招不陌生。但是眞實生活不太一樣。好痛。身穿運動鞋與汗衫作出考慮清楚有計畫的翻滾，跟裸露雙腿只穿薄洋裝翻滾有很大的差別。

我最先撞到的路肩布滿了碎石。我滾下斜坡進入一叢濃密的荊棘。Passat在路上十米外尖叫著剎車。

他在追我。期待他忘掉我的事開心地繼續上路顯然不切實際。我的淡藍連身裙在月光下像手電筒一樣閃亮。躲藏是沒用的。我只能在開闊空間跟他對決，就像在車裡一樣。前提是，如果他沒拔槍！

他下車。身體微往前傾，筆直走向我，拔出槍。

沒有任何路過車輛。在你需要的時候伊斯坦堡車潮怎麼不見了？平時那些塞滿路面與鬧道的運將呢？我只需要一輛車，廂型車，巴士，甚至卡車。狀況只會越來越糟，不能指望有人幫忙。我必須自己處理。

「別開槍！」我大叫，舉起雙手從蹲姿站起來。

「你瘋了！」他叫道，「你差點戳瞎我。」

「對不起，」我說。我得乖一點等到我有更好的機會撲倒他。

「過來！」他命令。

我可以宣稱受傷，求救吸引他進入矮樹叢。但是在狹窄的荊棘叢中太難打鬥了。我寧可在平坦的柏油路上公平決鬥。我也打算這麼做。我撩起洋裝，跳兩下就上了路面。他用槍指指他的車。

「像個男子漢滾進去，我們走吧。」

槍口指著我，以防我需要進一步說服。我得小心行事。我假裝扭傷了腳踝，慢慢跛著腳走向他。他還在用另一手揉眼睛。

「痛嗎？」我問。

「眞正的男子漢不會痛！」他咕噥說。

我們之間距離太遠，我無法用一招飛踢打倒他。我無法衡量他的槍法優劣。不値得冒險。如果我一抬腳他就開槍，那就完了。我會中槍。我必須先拿走他的槍。因此，我必須盡量靠近到我的身高距離，減掉手臂長度。我拖著腳步，往他走兩小步。嗯，這樣行了。

「我好像扭到腳了，」我彎下腰說。我用蹲姿可以跳得更遠。他一點也沒起疑。

「你自找的。」他說。

他話還沒說完我的右腳已經踢到他臉上。我迅速補踢兩下。這時他夠暈了。

我在空中換腳，用鞋跟重擊他的左膝。再用同一隻腳踢他的胯下。他彎下腰。我雙手合握，打他的後腦，然後抓住他握槍的手。我抬起膝蓋猛撞他伸出的手臂，兩次，迫使他棄槍。我又膝頂他的臉。他張開手腳癱倒在地上。

我彎腰撿起槍。我錯了。他躺在地上，但還沒昏迷。突然有隻手抓住我右腳踝。我失去平衡。沒關係。我有槍。我指著他鼻子。他從地上稍微抬頭，用沒受傷的眼睛望著槍，然後昏倒。

蘇利曼昏倒有利有弊。讓我可以逃走，但這樣一來我就不能逼他招供。我好渴望用槍好好逼供，問出整件事情的全貌。

我可以用槍指著他的頭等他醒來。他壯得跟牛一樣，很快就會恢復意識。然後我可以跟他一問一答。

我也可以把他丟在這兒。這樣只會吸引更多壞蛋來抓我。這次只有一個人來，下次可能是一群人。

我仍然在黑夜中站在柏油路上。這裡不太適合坐下來考慮。況且，車子排出的廢氣直吹到我臉上，令我作嘔。

沒必要再耗下去。爲了確保蘇利曼維持昏迷，我輕踢一下他的後頸。他似乎更昏迷了。就像辛苦勞動好幾天之後終於放鬆的人。

我把槍插在腰帶上迅速搜他的身。他沒帶其他的武器。我摸到他後褲袋有手機。或許我能搜查他的通訊錄，找出上次他打電話給誰。我掏出手機。關掉了，我不知道密碼。我暫時無計可施。在家裡，我很快就能破解密碼。我把手機也塞進腰帶裡。

接著，我拿他的皮夾。他名叫蘇利曼．巴哈汀．艾登。他一定是用兩方祖父的名字命名。他廿七歲，伊斯坦堡出生。駕照也用同樣的名字登記。照片是個拚命扮狠的嬰兒肥年輕人。皮夾裡還有一大疊現金，兩張信用卡，一張是金卡，兩家不同銀行發行。我覺得我該拿走所有錢。只夠勉強補償我的衣服，這可是義大利高級棉布做的，非這樣不可。

他稍微動了一下，我又打他。可想而知。剛才他似乎放鬆陷入了沉睡。要讓肌肉與關節完全放鬆才行。這樣做，我們即使小睡醒來也會精神飽滿。許多痠痛，還有一些疾病，都是因爲無法完全伸展放鬆。我想起他在店裡的緊張姿態跟裝模作樣，心想我其實幫了他的忙，藉此緩和我的罪惡感。

最後的預防措施，我拿掉他的皮帶，把他雙手反綁到背後。大多數人被手刀劈擊後腦會昏迷至少廿分鐘，但他格外強悍。即使現在他沒傷的眼皮還在跳動，也稍微弓著背。這麼驚人的彈性和迅速復原力肯定是多年鍛鍊的結果。我默默誇獎他。

我讓他躺在車後方的地上，趕快搜索置物箱。他的行照和保險證都在。用的是本名。簡單說，我沒發現他老闆身分的什麼線索。我找到一盒保險套，竊笑。我開著車門，盯著蘇利曼，手拿槍坐在車裡。我檢查自己的損傷：裙子撕破了。裸露的雙臂雙腿有擦傷和割傷。一看到就感覺刺痛。在我眞正看到之前，一點痛感也沒有。身上弄髒了似乎比較重要。我一身污泥，氣得我咒罵不止。

等待沒有用。無論用槍指著他的頭多久，他不像是我能夠嚇倒的人。他跟我一樣清楚我不會眞的開槍。頂多，我只敢射手腳，嚇唬他。

我看著手裡的槍。上面全是我的指紋。我用裙子徹底擦乾淨，再放到置物箱裡。我熄掉引擎取下鑰匙。安全起見，我擦掉方向盤、置物箱握把和車門可能留下的指紋。然後我回到蘇利曼身邊。他還俯臥在路上，熟睡著。一絲血液和口水從他嘴角流到路面上。他稍微張著嘴，彷彿在親吻路面。我用腳推推他的肋骨，他沒反應。我不可能誤殺他，但我俯身檢查他頸部脈搏，以防萬一。正常的速度跳動著。他應該幾天後就能痊癒了。

我思考眼前的選項：（A）等他醒來再逼供——我已經決定算了；（B）開走車子，丟下他；（C）丟下他和車子，自己找別的辦法回家。我拼命想，但是想不出D方案。

沒有人能阻止我開走車子。但是隨後我怎麼處理車子？而且，我沒帶駕照。半夜這時候有很多檢查哨和警方路障，尤其在週末。如果我把車子丟在某處，可能被人看見並且指認我。

走路離開，丟下這爛攤子，起先似乎是不錯的選項。尤其是畫面很好看：我穿著破損的奧黛莉赫本衣服，驕傲地把鑰匙丟進矮樹叢，讓他無法跟蹤我，然後沿著公路昂首走進黑夜中。但是這太費力了。雖然靠近伊斯坦堡，我們這裡算是荒郊野外，在幾乎無人的路上搭便車可不容易。走到環狀道路要花些時間。我的狀況不允許，剛才跳車時受傷了。

即使我能走到快速道路，在這種深夜攔車可能遭遇不愉快的驚喜。司機可能要我回報才肯放我走。我可沒心情再打一架。

我又戳蘇利曼的肋骨。他稍微轉頭。原來，他開始恢復意識了。我決定問他的意見。

「你看我該怎麼辦？」我問道，「我該開著這輛車走，還是丟下這輛車離開？」

他睜開沒受傷的眼睛。「蛤？」

我覆述我的問題。

「操你媽的！」他建議。或至少他是想要這麼說。他的嘴還黏在路面上，我的右腳踩著他後頸。我不喜歡有人提我老母，尤其個性粗魯的人。我媽的私生活絕對不關別人的事。我用腳猛往下踩。他臉頰壓扁了，嘴唇令我想起金魚嘴。

「你眞沒禮貌！」我罵道，「你自找的，」我補充，優雅地踢他的頭。他又昏迷了。

我從腰帶抽出羔羊皮手套，戴上。把絲巾包在頭上，在下巴打個結。跳上車，發動引擎開走。

# 24

我這副模樣不能回店裡。我必須找地方棄車再回家。路上空盪盪。我直接開到塔克辛廣場，把車子丟在阿塔圖克文化中心的停車場。可以擺上好幾天。更好的狀況是，週末的顧客很多，服務生可能不記得我。

我把車窗打開一條縫，取票，把車停在廣場中央避免吸引不必要的注意。我猶豫該不該拿走鑰匙。我可以讓它不上鎖。可能被人開走。對了！假裝贓車。或者蘇利曼的同黨可以追蹤到這裡。我假設他們有備份，所以拿走鑰匙，但是沒鎖車門。

我走出停車場前方，貼著文化中心牆壁以免被人看見。我攔下經過的第一輛計程車。司機很年輕。我一上車他就打量我的衣服。

「祝您早日康復，夫人，」他同情地說。

當然，他說的「夫人」就是我。

「謝謝，」我說，「沒什麼大不了。我跌倒了一下。」

「一定摔得挺嚴重的。您確定沒事嗎？」

「對。謝謝。我衣服弄破了。」

「俗話說禍不單行，」他嘗試說個笑話。

他甚至對自己的笑話笑了。後續的沉默很尷尬，他又打開收音機。我沒心情跟他角力該播什麼。結果，回家路上我不只被迫忍受吵鬧的音樂，還有他在嘈雜中講手機的喊叫聲。

我用蘇利曼的錢付他車資。衝進我家，連燈都沒開，趕緊脫衣服。我留下背後一排髒衣服，到了浴室。

淋浴眞舒服。我的腿擦傷比我想像的嚴重，但不是太深。沒有值得擔心的傷口。但是從身上大片紅腫肌膚判斷，我身上會有很多瘀青。我的左臂被蘇利曼的鉗子手抓過，尤其可能。

我用冰敷袋。然後包紮。我的臉在這場折磨中毫髮無傷。這是唯一重要的事。穿對衣服就能遮掩其餘地方。

我的右肩受了傷，不是摔車就是打鬥的緣故。我抹上從遠東地區買來的跌打藥膏。

大致上，我沒事，還能感覺到飢餓。我在冰箱找到一條苦味巧克力。我總是把巧克力冷藏變硬。我津津有味地吃了起來。

我該打到店裡去。他們最好小心點，尤其肯尼。他不能告訴任何人我的地址，即使是我爸。我想起我聽錄音帶的時候拔掉了電話線，所以不在家時答錄機也沒作用。我接回電話線。還有五則我沒聽的留言。對了，因爲急著聽帶子決定暫時忽略。但是我最好先打到店裡。

哈山接的。我還沒開口他就先說了。這白癡。

「索菲亞每五分鐘就打來。她一直問：你回來了沒有？打不通你家電話？煩死了！好固執的女人。跟你說，我受夠了。」

「你活該，」我說，「是你自找的。現在，給我聽清楚了。」

無論索菲亞和哈山是什麼關係，這太超過了。我概述了剛才的遭遇，省略細節。在痛罵他一頓之前，我不能向哈山透露太多。我也必須交叉詰問他，但是今晚沒這個心情。

我總結說晚一點我可能會去店裡，但機率不高。

「早日康復。你需要什麼東西嗎？要不要我過去？或者你要我派哪個小姐送東西過去？」

不用，我最不需要的就是愛管閒事的哈山。我們掛斷。

我開始聽留言。第一通沒講話就掛斷，以我的規矩不可原諒。如果你不打算講話，幹嘛等到提示音？我又不是指望詳細的解釋，告知姓名和來電理由就好了。我是說眞的。如果太私密或機密不能在電話裡說，直說再掛斷嘛。

第二則是哈山。他研究過申領布絲遺體的人：他們是親戚。領屍體時不需證件，所以他無法查出他們的身分。換句話說，沒有新進展。

第三則留言是阿里。他用一堆瑣碎的問題轟炸我。我得按暫停鈕作筆記才行。我這麼做了。阿里留言的錄音時間長度不足，所以第四則也是他。我全部寫下來，塡滿了整張紙。最後，他祝我晚安——而且有搞頭。

最後的第五則留言又是個不講話的。我刪掉全部留言。

我很清醒，感覺眞是受夠了神秘信件這檔事。我幹嘛在乎？何不讓想要的人去找到？如果爆發醜聞，管他的。很快就會過去的。有人會被幹掉，有人會繼續過活。在年底之前，大家都會忘掉。

瞎眼母親的問題與我何干？她毫無痕跡地失蹤了。連那個牛排臉鄰居，宣稱她每次出門都會知道，門外有些微動靜都聽得見，不搞清楚自家大樓和整個社區裡發生任何事的所有細節就睡不著，都沒聽到異狀。她倒好了！

況且，她似乎把信件和照片也帶走了。我眞佩服她，尤其在喪子哀痛的狀況下。如果她被綁架了，而非單獨逃走，那我恭喜抓她的人。他們竟然能在八卦鄰居面前把她帶走，値得重賞。可想而知，他們也會拿走信件和照片。誰都會這麼做，無論是黑手黨或蘇瑞亞・艾洛納的嘍囉。對我有什麼不同？

我也發現我越來越不信任蘋果臉太太。蘇瑞亞・艾洛納跟她老公的合照公然掛在客廳裡。她沒聽見樓上的謀殺。她似乎挺誠懇，但可能都是一齣戲。不是這樣，就是她老公瞞著老婆涉案。

已經出了兩條人命：布絲跟樓上鄰居的老太太。可能的卡司包括意圖勒索的幫派，蘇瑞亞・艾洛納，令人膽寒的名字，自我審查的記者，一群名流，大小咖都有，急著隱瞞他們過去的情史。這些已經夠煩了，我還得應付拼命恫嚇我的索菲亞。我受夠了。

哈山是另一根芒刺在背。他似乎下決心探查，遠超過我認爲一般人對上流社會八卦有興趣的程度。他對這麼多人透露這麼多事，任意加油添醋。他的大嘴巴只引來了那個討厭的娘砲瑞菲克。他跟索菲亞合作這一點讓人更加無法接受。

我可以忘了瑞菲克・阿爾坦。他眞可悲。但這並不表示他不會倒楣，我不會要求他付出代價。

再多做什麼簡直是自找麻煩，做傻事了。顯然，有人被逼急了，派那個笨蛋蘇利曼來攻擊我。有人想要見我。我受夠了這整件事。無論怎麼看，都是個複雜難解的謎團。

我已經沒有興趣破解蘇利曼的手機密碼或勉強做任何類似的事。一旦體驗到眞實的疼痛，就我所知，電影就結束了。即使是我跟約翰．普瑞特合演，我不玩了。我好痛。劇終。

我的思緒回到我的手腳。我今天才剛上過美容院，眞是浪費時間金錢，還有一堆麻煩和不便。我更加相信宿命了。我打算抹一點保養霜玩玩電腦。先放點巴哈的音樂吧。我再次伸手拿架上的BWV1060雙重協奏曲，但是深夜的我需要比較華麗的曲目。我看看管弦樂組曲和布蘭登堡協奏曲。韓德爾的水上音樂吸引了我的目光。嗯，應該適合。我特別喜愛巴洛克風格，收藏也很多。很適合做電腦工作時，或做愛之後聽。眞正的表演樂器用較輕的力氣演奏，發出既完整又舒服的聲音。樂器比較不會過度強烈，音符也不會受同時或鄰接的音符干擾。意思是，或許能幫我放鬆到睡著。現代管弦樂缺乏同樣音質的透明度，比較仰賴指揮者的詮釋。

我選了現代的、幾乎實驗性的皮耶．布列茲版本。身爲當代音樂的提倡者，他是眞正的先驅。就我所知，這是他唯一的巴洛克錄音。第一組曲流遍我全身上下。我在電腦前坐下。

我得幫公司完成幾個小工作。我開始幹活。CD結束時我只做到一半。最好今晚弄完明天早上傳回給阿里。因爲他在工作天要會見大量來訪客戶，幹不了什麼事，阿里總是週日早上運動結束之後在辦公室工作。我做的分析和程式對他有會幫助。

這類工作我從來不用網路傳送。不夠安全。我取出CD放進艾瑞克・薩提專輯。「葛諾辛尼」是極佳的選擇，我回來繼續工作。清澈的音調瀰漫整個房子。我想喝咖啡，端了一杯回到書桌。做完後，我把全部東西燒進一片CD。爲了逗逗阿里，我加了一張約翰・普瑞特的照片。我堅信即使最異性戀的男人偶爾看看俊男圖也會有好處。別的不說，至少提供靈感。照片不一定要裸體或勃起，不過我喜歡這種的。我把光碟設定成最先出現約翰・普瑞特照片。每次開啟新檔案，圖像都會重新浮現。

阿里起先會生氣，然後他會逐漸欣賞我的小玩笑。因爲他不懂怎麼刪除圖片，這樣就不能把CD內容跟別人共享。想到這點我就邪惡地竊笑。

我把光碟放進氣泡袋裡。貼上標籤，放到旁邊。明早我會請計程車行派個司機來取件。我的狀況不適合自己送去。阿里是工作狂，會在辦公室待到下午。

我開始睏了。滿心大功告成的安詳感，我關掉電腦。我在床上伸伸懶腰。枕頭上還殘留著那個警察凱南的氣味。至少我如此想像。他眞好看，眞正的美男子，那樣草草結束眞令人失望。或許他第一次跟我在一起過度興奮了。我太順從，讓他自由發揮。結果他以破紀錄的速度完成。如果他再次上門，我會主導，用我的方式來。

我在某處看過，睡著前想情色的事情可以促進性能力和性慾。我正這樣做。

# 25

我在黎明左右睡著，睡到中午。至少我盡量。爲了確保沒人打擾我休息，我拔掉了臥室的電話線，讓答錄機處理所有來電。我也完全拉上我的厚窗簾。

我一定睡了沒多久。其實，我可能根本沒有完全睡著。或者只是打盹，完全放鬆。不，我沒睡著。門鈴在響。

我沒在等訪客啊。無論是誰，我想他們會放棄離去。但他們沒有。按門鈴的人顯然打算按到我開門爲止。

我睡眼惺忪。推想訪客的各種可能性：

（A）約翰．普瑞特——我的首選——不太可能。連幻想都不用。

（B）仰慕者——例如凱南。我會抱著他繼續睡覺。如果是胡笙，而他醉了，我就痛扁他一頓。追我，跟我調情，使盡渾身解數，想勾引我……然後跟店裡遇到的第一個小姐跑掉！我不吃這一套！我的自尊，還有他身旁那個肥胖的變裝者，在在讓我別無選擇只能修理胡笙。

（C）黑手黨。一想起這個可能性，我猛睜開雙眼。昨晚派蘇利曼來找我之後，現在可能有一群惡棍在我家門外。即使我不開門，他們也會闖進來。

（D）蘇瑞亞．艾洛納的嘍囉。要查我的地址不難。他們比黑手黨好不到哪裡去。意思是，只有眞主出手才救得了我。

我想起C和D項不禁顫抖。A和B項很快就被排除。我披上睡袍衝到門口。

我懵了。我是說，這眞的是想像自己參加猜謎節目，檢討眼前所有選項的時候嗎？門鈴響個不停。這時，鄰居們可能已經被吵醒，正豎起耳朵等著看是誰來了。

「來了！」我叫道。我盡量壓低音量。畢竟公寓大樓是共同生活的形式。大清早嚷嚷會惹人白眼的。

抵達門口時我說，「好啦，我來了！」我從窺孔往外看。眼前是衣衫不整的索菲亞。她不在我的預料清單上。我遲疑，不知道該不該開門。如果我不開，她會繼續按到吵醒所有鄰居爲止。我剛開口過；她知道我在家醒著。我也怕她生氣。索菲亞被挑釁生起氣來不知道會做出什麼事。

我沒解開門鍊，把門打開一條縫。我猛眨眼，盡量抬高眉毛努力模仿剛睡醒的人。

「女士……」

「開門。快！」她吼道。

我在她的權威口吻下屈服了。

我打開門。她走進來把我推到一旁。這是她第一次來，在這種情境算是相當粗魯的登場。她的化妝糊了；精心打理的頭髮黏在頭上。不算狼狽，但也差不多了。索菲亞從來不曾這樣。無論什麼服裝她都維持著尊貴的氣息。但是目前並非如此。她穿著只適合刷地板的長褲跟緊貼著矽膠隆乳的T恤。光是看到她衣櫥裡有這種衣服我都會震驚，何況穿在她身上。

「妳有什麼事？大清早的……」我開口。

她不屑地瞄瞄房間四周，像個挑剔的買家。她顯然也不認為我現在的外表能看。

「去洗把臉。」

反抗索菲亞只會浪費時間。如果她決心要怎樣，她會堅持，像波浪拍打化成碎浪，直到她如願。無法叫她閉嘴，也永不疲倦。我們都有不同的技能。那是她的強項之一。我聽話地快步走到浴室。這樣我也有時間整理思路，想個策略。我聽見背後的聲音：

「還有穿好衣服！」

我聽命照辦。我想到了最佳戰術：不為所動。我不能讓索菲亞稱心如意嚇唬我。無論我多麼困惑，無論她扮演什麼角色，我都會咬牙忍受。而且我好睏。如果沒別的辦法，就打盹吧。

相對於她的凌亂，我穿上把我的纖細高雅強調到最佳效果的緊身無袖條紋白T恤。我也選了在阿姆斯特丹內衣店買的火紅色熱褲。不只能提臀塑形，還很暴露。我走進客廳。索菲亞不太滿意扶手椅。她坐在一把餐廳椅子上。

「坐下！」她說，「你醒了吧？」

「是，」我回答，坐在她旁邊的扶手椅上。

「過來，」她下令。

她指著餐桌。不受索菲亞干擾的辦法就是毫不猶豫聽她的話。我試圖把她的命令合理化，頭好痛。按照我的策略，我站起來走到餐桌旁。

她看著我坐到她身邊的椅子上。她粗魯地抓著我下巴，盯著我雙眼。她瞇起眼睛檢查我。我對她露出最無辜最親切的微笑。

「你還在睡……去泡杯濃咖啡！」她說。這眞的有點過份了。

「可是我剛喝過。過量會長橘皮組織，」我說謊。話剛說完我臉上就挨了刺痛的一耳光。她的手很厚重，但是花了一會兒才痛起來。我立刻採取防禦姿勢。

她竊笑起來。

「好多了。現在你的眼神閃閃發亮，」她說。

她把閃電誤認爲火花了。凡事靠自己。我隨便她說。

「欸！」她抓著我挨打的臉頰。「惡毒的小婊子。看，你清醒了。」

然後她假笑一聲。

我很震驚。我認識的索菲亞不會笑挨打的人。一定是因爲時間太早，我們陷入謀殺疑雲，或者她熱昏頭了。但是我沒想太多。不值得。

「妳要幹什麼?」我問。

「你找到而且拿走的東西，就這樣。」

「我說過我什麼也沒找到……」

她抓我下巴，看著我的眼睛，這次靠得更近「眼神更兇。我不太高興跟她臉貼這麼近。

我掙脫她的手。我可以抓住她手腕把她手臂扭到後面去。如果她反抗，一定會很痛。我有股衝動想這麼做。似乎是個好主意。但是話說回來，除非在觀眾面前表演，否則不好玩。

「你還是跟以前一樣固執，堅持己見。大多數人年長以後會成熟。他們鋒芒會收斂一點。他們失去天眞的奇想。但我發現你一點也沒變。」

索菲亞開始像個正常人講話。聽說服裝對人有強大的影響力。絕對沒錯。穿得像個普通人——或者更差——講起話就像普通人。

「或許因爲我還年輕……」我說。

我發現打到了她的痛腳而暗爽。

「你是傻瓜，」她說，「你還在玩幼稚的遊戲。你不曉得自己惹上的是誰。黑暗中的黑暗。沒人能打倒他們。他們爲達目的沒有什麼不敢做的。我只是個中間人。使者。我插手是要保護你。爲了你好。否則，你會面對他們，而不是我。你的下場會跟布絲一樣。她是固執的傻瓜。她抽了大麻，到處張揚自己曾經跟誰在一起，等她清醒時又否認。然後她提到了照片。他們自然會去找她。」

「當她反抗你們，你們就毫不留情殺了她。」

「不包括我。我不像他們。我只是顆棋子。幫他們做骯髒事的員工，但他們的酬勞很可觀。像你一樣，我的任務是找回照片。我說過我會找到。」

她說話時握著我的手。我不太喜歡女人家講悄悄話，也不欣賞父權式的勸導。我抽回我的手。

「你要找什麼，我該給你什麼？我什麼也沒有！我不懂妳想跟我要什麼。我知道有信件和照片，但是從來沒看過。我只知道這樣。」

她懷疑地看著我，深呼吸一下。她閉上眼睛等待，然後把氣呼在我臉上。她不再蹲踞在椅子上，變成鬆垮的布袋似的。索菲亞喪失了她的冷靜和鎮定。我從未見過她顯得如此平凡，一點也不像我敬仰的女王。這個穿女裝、活像洗地板工人的可憐大叔是誰？她的口氣軟化。

「容我從頭說起……」她說。

「好吧，請講。」

「我們說的可不是四、五個人。而是整個組織。他們到處都有眼線。他們收集所有人的把柄以備改天派上用場，利用對方當傀儡。」

「好像很好賺，」我說。我還能說什麼？這是實話。他們找上了肥羊，而且迄今進行得很順利。

索菲亞似乎在講童話故事，我也坐著當作聽故事。我可以充耳不聞，但我很入戲，想要聽到結局。更別提我的臉還在刺痛了。

「我們都有隱私、醜事，有弱點。哪有完美無缺的人？」

「我想是吧。我哪知道？」我說，「不過，有很多人沒有足以羞恥的醜事。至少我認爲有。」

「如果他們找不到東西，他們會捏造材料去勒索。我就是這麼扯進來的。我被叫到一棟豪宅，是我們的老主顧。我沒料到有麻煩。他們拍下當晚發生的所有事。然後他們給我下藥，拍了我似乎在注射海洛英的照片。想想看，我跟毒品。如果警方拿到這些照片，我下半輩子都要在牢裡度過。他們是這樣逼迫我加入。」

索菲亞怕死了警方。她老是作惡夢被逮捕然後「在獄中等死」。如同所有中產階級小孩，她的教養就是恐懼監禁。很久以前有一次，她工作時被逮捕並且關了兩天。這事她說了好幾年。她的體驗雖然不像《午夜快車》，但她嚇壞了。從她描述的方式，你會以爲她遭受了比電影主角更多的酷刑。

「然後怎麼了？」

「每當需要我，他們會叫我出現在照片和影片中。政客、商人、名流、官員和公務員。老的，小的，醜的……各式各樣。他們一開始研究目標的性癖好：偏好年齡，變裝成女性的男同志。幾乎每個人都有份。然後安排我去赴約。我確保對方被拍到想像中最醜惡的姿態。當然，永遠有隱藏攝影機。連各大飯店都有我們的保留房間。拍出各種影片，從男童雞姦到毒品轟趴與群交。然後勒索被害人來幫忙陷害其他人。」

「他們一定知道自己在幹什麼吧。」

「對，知道。」

「但是沒人反抗他們。你是說，連一個人都不曾站出來，不計後果反抗他們？」

「親愛的，我們都有自己的恐懼，痛恨失去的東西。最常見的例子就是怕被家人、朋友、配偶和同僚知道。對，起初當然有人拒絕合作。剛開始他們會咆哮抗議，但是等材料送到他們家人手上，他們會突然改變態度。沒有任何照片流到媒體手中。呃，或許一、兩張吧。那樣他們的職場生涯就完蛋了，被更新進、更順從的人取代。」

「我懂了，」我說。

「很好。把你手上關於蘇瑞亞．艾洛納的證物都交給我吧。」

我大笑起來。這是我們倆第一次說出他的名字。他一直是個神秘人物，我們都用最含糊的詞彙指稱。如今，就這樣，從索菲亞口中冒出了他的名字。

「我發誓我什麼也沒有，」我說，「有人在我抵達前闖入了那戶公寓。他們一定拿走了放在那裡的東西。」

她坐直身子，口氣變嚴厲。「別再玩把戲了。你不懂嗎？我是想救你。」

「爲什麼？」

「即使你沒發現……我還是關心你。你就像我自己的孩子。我生氣，我痛罵你，但我對你還是有母性。」

「別扯了，索菲亞！我從沒聽說過你關心任何人。你的一生就是一連串的冷血算計。」

「你很難理解……但我的感覺就是如此。我無意嘗試說服你。信不信由你。」

她確實曾經表現得像個很強勢的母親。她把我從高學歷又天眞的娘砲改造成迷人的變裝者。不過，除非一開始所有材料齊全，否則她永遠做不到。有一陣子她好像我的女監護人跟精神導師，從選擇穿著到使用哪種保養品給我所有事情的忠告。她甚至決定了我該跟誰睡覺。

然後就是我們在巴黎的冒險。確實，她有些母性的層面。但是我問你，無論跟子女關係好壞，有哪個母親會爲了充實荷包仲介女兒賣淫？那正是索菲亞幹的勾當。

她讓我相信她的母性本能幫助她精挑細選我的恩客。要我接受她的行爲是出於關愛，那就像舔食一灘嘔吐物似的難以忍受。

我們互看。她老了。她沒化妝看起來眞糟糕。沒有假睫毛，她朦朧的綠眼珠魅力全失；她有眼袋，下巴也有垂肉。

「所以，妳是說除非我交出照片和信件，否則他們也會殺我？」我問。

「有可能……什麼都有可能。他們認爲你拿到了。」

「所以你們派蘇利曼來找我？他想綁架我。他要帶我去見某人。我當然逃脫了，他眞是個笨蛋。告訴妳朋友他們應該考慮雇用更專業的幫手。」

這時她面露驚訝。

「我完全不知道這回事，」她說，「他們從不容忍外行人。」

她用食指畫過她的喉嚨。

「告訴他們吧。我同情那個可憐的傢伙。」

「我根本不知情。聽著，有很多事情我不知道。但他們讓我全權負責找照片。這是意外。應該要通知我的。他們一定失去耐性了。他們一直在催逼我……他們折磨我。」

她忽然哭了起來。不是演戲。嗚咽地一把鼻涕一把眼淚。每幾個字她就大哭，或至少哽咽得口齒不清。

「如果我無法讓你交出來，他們會怪我。他們期待我從布絲手裡拿回來，但我失敗了。我陷入困境。他們先指控我暗槓，因爲這東西油水豐厚。他們逼問我……對我動粗……刑求我……」

「妳是說只有妳一個人負責取回照片？」

「對……我的任務從一開始就是這樣，他們指望我完成。但是有個問題……我有多少權力？我有多少影響力？比起他們，我還能做什麼？我是誰？我只是個過氣、衰老，又可憐的人妖。」

這點很難接受。她確實老了，我同意她不再有昔日的魅力，但我最不可能用在索菲亞身上的字眼就是「可憐」。如果索菲亞說得過去，其他小姐都可以這麼說，她們才眞的辛苦吧？

「你看我！」她站起來說，轉身掀起她的T恤。她身上很多瘀青。

「我很遺憾，」我咕噥說。其實我心裡想，會過去的，沒有人永遠瘀青。

「如果我能找到並且交回照片和信件，就能恢復我的信用。他們不會把我當作低階小卒。我可以變成他們的一員，成爲體系的一部分。我一直夢想著要賺大錢，舒適的退休生活。環遊世界一兩次，搭郵輪……如果我找不到照片，恐怕他們會殺了我。」

她大聲啜泣強調最後一句。

「就像他們殺樓上的老太太一樣？」我忍不住問。

「呃，那件事有點複雜。我們有個人跑錯樓層，你知道的。那個女士造成了麻煩……很不幸但是有必要。」

她邊說邊舉起手指指著她的頭。

「太可憐了，當然，但是等他們發現跑錯家已經太遲了。可想而知，動手的人受到了懲罰。他們跑到樓下之後，找不到瞎眼婦人也沒有任何文件。」

「那麼莎碧哈在哪裡？」我問。

「我們什麼也沒做。我們也在問同樣的問題。」

「呃，如果你們沒抓走她，是誰幹的？」

這時我們倆都大吃一驚。我忽然全醒了。

26

索菲亞和我枯坐著面面相覷。她懷疑地打量我；我對她也一樣。時間一分一秒過去。

「我最好去泡點咖啡，」我打破沉默說，「我們似乎都需要來一杯。」

「那太好了，」她說。

「我想一點脂肪應該沒有大礙吧。看，我仍然像根瘦竹竿。」我站起來邊說邊用雙手上下比畫。女人無論在任何情境都必須保持淡定。

我走到廚房。還沒塡充好咖啡機，她已經在我身邊。

「如果布絲的母親帶著照片跑了……」她說。

「她可能比我們想的機靈多了，」我說。我多加了一匙咖啡。

「但是不可能啊，」索菲亞反駁，「她瞎了。她怎麼看得見，怎麼了解發生了什麼事？」

「我也不懂，」我坦承，「況且，布絲說過她母親不知道她做什麼工作。在她家有可能躲過任何人，或藏匿任何東西。」

「這太離譜了，」她說。

天色亮了起來。我感到早晨的涼意，打個冷顫。

「我去加件衣服。」

「這才對，」她說，「像個三流色情女星跑來跑去，露出半個屁股。眞正的淑女會留點給人探聽。」

「妳不是勸我炫耀自己的長處嗎？」我問，「呃，我就是這麼做。而且硬得像石頭一樣，又脆又新鮮。」

我們倆可能有生命危險又不知道接著該怎麼辦，仔細想想我們的對話簡直不可思議。我披上我的老夥伴羊毛披肩。兩天來我一有機會就把它包在身上。我走回廚房。

「索菲亞，」我說，「你們沒綁架莎碧哈女士，我也找不到她，連愛管閒事的鄰居都毫無線索。她怎麼能夠消失得乾乾淨淨，何況還瞎了眼？」

「問得好。我懷疑你，甚至跟蹤過你一陣子。」

「我不敢相信，索菲亞！妳跟蹤我？」

「親愛的，有啥大不了？不然我怎麼知道你在幹什麼？」

「妳是說妳派了個人跟蹤我？」

索菲亞眞是難以捉摸。她的道德準則通常讓她想做什麼都覺得光明正大。這樣看來，她是百無禁忌的人。爲了達成目的她會不擇手段。我不必驚訝。

「用複數形會比較精確。我指望你能帶我們找到莎碧哈，但是你卻愚蠢地在那棟大樓浪費了很多時間。」

「我不曉得她失蹤了。」

咖啡泡好了。我遞給她杯子。她可以自己倒咖啡。

我們默默啜飲咖啡。她點了根菸。這種More細菸可以美妙地襯托出她修長尖細的手指。我們喝完時，太陽已經出來了。我家充滿了我喜愛的早晨光線。我起身把燈關掉。索菲亞沒化妝的臉孔在自然光之下看來更糟糕。我好想睡。

「我不知道能不能相信你，」她說。她銳利的目光又釘在我身上。

「隨便妳，」我說，「我累了。我受夠了。正當我以爲擺脫了你派來的惡棍，卻發現自己跳出了行駛中的車子。我已經不在乎了。我只想睡覺。」

「你這是下逐客令了。」

「暗示妳該走了，對。妳喜歡的話當然可以留下來。我開客房給妳，上次睡的人是布絲。妳一定會很舒適。反正我也住過妳家很多次。」

「妳懂不懂如果我空手離開，很難說我會出什麼事。我一想到就受不了。說服他們可比你說服我困難多了。他們等著我拿照片回去呢。」

「妳是說我們講話的同時，門外有人在等著?」

「我不知道。應該沒有。我沒有派人守在外面。但是我沒辦法確定。我什麼事情都沒參與。如果現在有別人插手，我不知道他們會做什麼。」

我們緩緩互望一眼。

「親愛的，」她說，「沒人在乎那個老太太，但如果你有信件或照片，交出來，你的日子會好過得多。他們甚至可能付你一大筆錢。你就不用整晚守在店裡了。你要是有喜歡的人，把名字告訴我。你可以把他留在家裡，隨你怎麼使用。隨心所欲。」

「索菲亞，你不相信我，是吧？」

「我無從決定。我已經什麼都不確定了。我想要相信你，但是沒辦法。我的直覺發出混雜的訊號。我有預感你沒有完全對我坦白。我不曉得是什麼事情；只是直覺而已。所以我無法決定該不該相信你。」

「或許是因爲多年以前我們一起經歷過的事。」

「有可能，」她坦承，「管它的。暫時，我相信你。但是往後可能改變。所以我最好走了。我不知道怎麼應付他們。我相信我會找到辦法。至少我會努力。我建議你動點腦筋，豎起耳朵，聽到什麼風聲就通知我。」

她站起來走向門口。看見鏡中的自己，她站直身子，挺胸伸手整理她的頭髮。要花很多工夫才能找回昔日的索菲亞，但是這點努力還是有幫助。她從門邊的小籃子拿出一副墨鏡戴上。她再次檢查鏡中的自己。明顯好多了。

「外面很亮。我不能這樣出去。眼鏡借我。我會還給你。」

爲了盡快擺脫她，我連我最喜愛的衣服都可以連同墨鏡借她。

「當然沒問題，請便。」

互相擁抱虛吻之後，我們道別。她轉身，走了。

我深呼吸一下。今晚眞是高潮迭起，但是結局平靜又輕鬆。應付索菲亞就像把頭髮從軟奶油裡拔出來一樣費力。眞奇怪。我累得沒想到這點。快七點了。

我根本懶得把馬克杯拿回廚房，直接走向臥室。家裡還是一團亂。我晚點再整理。畢竟，有些人的生活方式像那個女記者。兩個杯子跟一台Napolitano咖啡機機沒什麼好奇怪。到臥室途中，我看到幫阿里準備的信封。如果現在去睡，很難說我會睡到下午什麼時候。最好現在打給計程車行，交代在十點左右送達信封。

我鼓起最後一絲力氣，打到車行，說明我的需要。我要求立刻派個人來。當然，送快遞的我會給額外小費。掛斷之後，我走到臥室，拉上厚窗簾。我聽見大樓前的計程車喇叭聲。

我決定不照慣例從客廳窗戶丟出信封，大聲喊叫指示司機。如果索菲亞沒說錯，我真的被跟蹤，這可能引起誤解。我不想害司機惹上麻煩。無論睏不睏，顯然我的腦子還算靈光。但我沒叫司機上門來。他會按喇叭直到我出現在窗口。

我正要再打給計程車行，祈禱我的電話沒被竊聽，這時我聽到門口有窸窣聲。是雜貨店幫我送早報的那個傻小子。我衝到門口攔截他。他看到我似乎很害怕，甚至倒退了一步。

他這麼做是對的。我看起來跟平常不同。這小子從來沒看過我穿高檔女裝。他不太可能看過其他類似我的人。他年紀還小。如果他喜歡這個畫面，他會作一兩晚春夢，如此而已。老派心理學家的世俗概念是錯的，瞥見男人穿女裝並不表示未來一定會變同性戀。我從來沒遇過任何案例。

我指示他怎麼做，塞了些零錢到他手裡。他仔細聽，盯著我看。我要求覆述我的指示之後，我打發他走。我決定不在窗口目送，以防有人監視。我耐心地等到聽見計程車開走。

我等了幾分鐘，再打給計程車行。對，他們收到信封了。男童叫他們「無論如何」不要在十點之前送到。他們知道地址，先前也跑腿過。

我脫掉像胸衣一樣束縛，尤其腰部繃好緊的四角褲。我留著T恤抵擋早晨的涼意。終於可以好好睡了。緊張刺激的一天過後，我只要求這點回報。

# 27

醒來時早已過了中午。我睡得短暫又不安穩。雖然我不需要睡太久，這樣還是不夠。我一直夢到電影畫面，跟007電影中邪惡的魔鬼黨奮戰阻止勒索任務。集團首腦的臉孔，無論是誰，沒有出現在我夢中。但我聽得見他們變態怒吼的聲音，向被害人作出死亡威脅。

索菲亞化身為羅特・蓮娜在《第七號情報員續集》飾演一名兇暴女人。現實世界中她是作曲家寇特・威爾的老婆，在片中她演一個魔鬼黨手下的俄國間諜。她的鞋尖會彈出匕首，還跟龐德奮戰至死。蓮娜的樸素不太符合索菲亞的美貌，但是無妨，只是一場夢而已。索菲亞比較適合扮演霍娜爾・布萊克曼在《金手指》的角色普絲格羅，或是《霹靂彈》的露西安娜・帕魯茲。

總之，在我夢中羅特・蓮娜／索菲亞和不明人士扮演的蘇利曼，站在他們的老闆面前，因為無法取回布絲的信件和照片而垂頭喪氣。挑剔的老闆正在撫摸一隻蓬鬆白貓同時聽他們報告。他們越辯解，態度越慌亂，開始互相指責並且乞求原諒。他們懇求最後一次機會。

蘇利曼什麼都願意承認，同時跪下來討饒。他真是個可悲的傢伙。他完全喪失所有自尊和教養。好感人的一幕，但我無法對他產生任何同情。老闆按了桌底下一個鈕。索菲亞瞪大眼睛驚恐地看著，蘇利曼彷彿觸電般蠕動，然後死了。

索菲亞嚇得啞口無言，收到一些新命令。我沒聽見是什麼，因爲我醒了。

我泡咖啡時回想腦中的畫面。我達成的結論很不妙：有人認爲我拿到了勒索材料。對，他們弄錯了。但是他們不知道。他們對我的解釋不滿意。因此，他們要來抓我。

我瀏覽報紙，同時聽答錄機。哈山留言通知我葬禮會在明天午禱之後舉行。是在薩瑪帖區我沒聽說過的清眞寺舉行。儀式是領走了遺體的不明親戚安排的。如果我明天中午之前還沒解決一切疑問，最好去葬禮露個面。讓我有機會看看誰出席了葬禮，或至少查出誰領走了遺體。

還有另兩則來電者沒講話的留言。當然，我很生氣。我已經夠緊張了，作了惡夢之後，這簡直是壓垮駱駝的最後一根稻草。

要不是天氣這麼熱，我會去健身房排掉一些毒素和壓力。我還是可以去有空調的健身房。我會作運動順便看看其他同好。

淋浴間也是個提神的好所在。有的人一開始對我嗤之以鼻，但是當他們發現我一樣瘦，甚至更瘦，他們會改變態度一個一個來接近我。我能做的只剩挑選。如果我到淋浴室的時機算得剛好，會有一堆人提議幫我擦背。接下來的發展全憑想像力和我的喜好了。

但是今天眞的好熱。不論有無空調，我都不想去健身中心。維持身材的慾望和淋浴調情的念頭都不足以讓我踏出家門。

我想最好慵懶地坐在原位。我可以看電視或從架上選片ＤＶＤ。

我洗了個澡提神。清涼的水流讓我完全清醒過來。一走出來，電話鈴響。我全身濕透，不想到處滴水跑去接電話。我仔細聽著一面擦乾身體，靠近答錄機聽留言。

是土耳其第一與唯一認證的催眠治療師賽姆．葉格諾魯打來的。他用開朗的語氣祝我週日快樂。我及時跑到電話邊接起來。例行寒暄之後，我請教他的專業意見：人可能不知不覺中被催眠嗎？如果被催眠，會透露多少事情？人在催眠狀態下說的話能信嗎？

他仔細聽著沒有插嘴。

「你的所有問題答案都是yes！」他宣稱，「雖然我們不鼓勵，你說的那種催眠有人在做。直視病患的眼睛可能就足以引發催眠的恍惚。其實，只要命令病患『看著我，看著我』，接著用一根手指猛戳額頭中央，可能引發恍惚。但是，我說過，我們不建議也不採用。」

他使用複數形「我們」暗示還有像他這樣的其他人，在美國得到認證。可是他自稱是第一與唯一認證的催眠治療師，我懷疑其他人是誰。即使有這些人，我也從未聽說。不，這應該只是使用權威語氣的「我們」而已。

「催眠之下的病患所作的陳述通常是眞的。意思是，除非病患被誘導說謊。病患的意願也很重要。我們認爲未經對方允許和完全知情就催眠別人是不道德的。」

他回答了我的所有疑問。布絲可能被催眠後講話。至於是誰在什麼情況下催眠她，我無法回答。

「所以任何人都能夠催眠別人嗎？」我問。

「沒那麼容易，」醫師繼續說，「嚴格來說，答案是肯定的，任何人都做得到。一點資訊加一點課程就夠了。其實，有些人還當作嗜好。但只有對象願意被催眠才行得通。嚴格說來，強迫催眠的機會極小。但是爲了成爲眞正有效的催眠師，必須經過多年訓練。」

「我知道。你跟我說過。我想知道的是，未經認證的人有可能只爲了好玩而催眠別人嗎？」

「當然有可能。有人會這麼做，尤其最近比較多。有個葡萄牙女人還提供他們某種所謂的訓練。她一直在大量生產催眠師。我的網站跟我本人總是收到很多問題。他們有很多事不懂……有時候他們發現自己陷入困境，慌了。然後來找我。喔，對了，網站需要更新。不是什麼大工程，只要加些鏈結、加些我的近照。你可以幫我，是吧？」

這不是推托或要求酬勞的時候。他很有用而且立刻要求以我的服務回報。他很堅持好朋友明算帳。答錄機還開著。發出一個刺耳聲音表示留言錄滿了，然後自動關閉。

我模仿那個聲音說，「當然。」

「如果方便的話今天過來。我有空。現在夏天，大家都在度假；我的病患很少。」

這有點太唐突了。不能因爲他有空就指望我有空。我覺得沒必要這麼急著補償。

「我沒空，」我說，「除非是急事，我稍後會打給你，我們再協調。現在工作壓得我有點喘不過氣來。」

「下週六我會去度假。最好在那之前搞定。」

我任他擺布了。彷彿我的工作還不夠多，現在還得更新他的網站。

「我恐怕沒有辦法，」我說，「我工作太多了，下星期會更忙。或許晚點吧。讓我完成手上的事再打給你。」

幸好他反應比我預期的明理多了。我們掛斷，承諾盡快聯絡。

沒必要把這段對話留在我的答錄機上。我按下刪除鈕。我開始往身上抹乳液，我跟賽姆的對話在背景中播放。我從肩膀開始，往下抹。皮膚變得漂亮又光滑；我差點迷上我自己了。

答錄機上有個字吸引了我的注意：「葡萄牙」。剛才談話時我沒發現，但現在我想起他說到有個葡萄牙來的催眠師。我不記得名字的女記者就是葡萄牙來的。可能是巧合。但話說回來，也可能不是。

我激動得往腿上猛灑乳液。我想要盡快去找那個記者。我穿上衣服。

我出門時電話響起，但我沒接。我鎖門時，阿里的聲音飄出來。很好，我猜他收到了包裹之後打來聊天。

# 28

我告訴計程車司機地址。是個老司機。只要稍微鼓勵一下，什麼事他都會滔滔不絕。

我們開上通往快速道路的斜坡時他開口了：

「今天早上我正要送你的包裹時，有顧客上門。是胡笙送去的。你那個年輕朋友。」

原來胡笙回來上班了。不管爲了什麼理由。他似乎老是出現在有危機的時候，眞是邪門。

「好，」我說。

我的口氣暗示我沒興趣聊下去。司機的領悟也很正確。

我忽然想到。我很早寄出那個信封，但是沒到窗口看司機是誰。我也交代他們不要在上午十點之前送到。昨晚胡笙在店裡跟胖子穆潔調情。如果他十點之前來上班，他們之間就不會有什麼搞頭。我猜想穆潔花了他多少錢。或許她免費服務他，因爲他好看又年輕？

有的小姐會這麼做。如果遇到喜歡的客人，她們會說，「這次本店招待，」然後就走了。雖然我對他評價不高，胡笙其實挺好看的。穆潔很可能被他吸引。反正她沒什麼像樣的追求者。我們都稱她是店裡的「村姑」。因爲她豐滿，只有那些特別偏好肉感，也就是到大都市來的鄉下人，多半是中年人或老頭子會喜歡她。偶爾節食成功的時候她很會講價，但是體型最胖的時候，她會跟著第一個出價的人走，完全不矜持。

如同夏季的慣例，公路上到處在施工。每逢週日，伊斯坦堡每個人都攜家帶眷出來觀光。任何一片綠地或樹蔭區都是潛在的野餐地點。令人作嘔的烤肉味從四面八方飄進打開的計程車車窗裡。

「你看看；人人都把他們的車子丟在馬路中央。要是有緊急事故怎麼辦？我們根本過不去！」我抱怨。我只是不假思索隨口說說。否則，我一點也無意鼓勵司機。

「說得對，客人，」他抓住搭訕的機會說，「週日的交通更糟糕。中午之前路上還算順暢，然後就是惡夢了。如果要去博斯普魯斯永遠到不了。就是這麼塞。我上星期去過。去那邊已經夠累了，回程又花了我兩小時。你也想像得到，我虧大了。因爲海岸公路，巴格達大道。例如胡笙吧。他去了好幾個鐘頭，你打來的時候他還沒回來。他可能在回程中載到客人了，但即使這樣……」

原來胡笙去辦公室還沒回來。我離開時阿里打來。我不知道他說了什麼，但他打來一定表示收到了信封。到馬斯拉克的路上可能很塞，都要怪那些前往貝爾格勒森林跟奇尤斯海灘的遊客，但胡笙十點鐘離開的，理當避開了尖峰時段。或許昨天晚上讓他累得必須停在路邊打個盹。

「老實說吧；那趟快遞花我不少錢。」

「我不是這個意思，客人。跳表多少就付多少。您又不是陌生人。只是讓您知道交通會有多糟糕。」

「嗯，」我說。一個字的答覆意思是該閉嘴了。他理解。

反正我們到了。我付了車錢下車。

我走進公寓大樓時，有人正從樓梯下來。我通常不會看陌生人，寧可保持一點距離，但是直覺叫我抬頭看，我照做了。我想眞正吸引我仔細去看的理由是黑西裝。我是說，炎熱的週日下午誰會穿西裝？在樓梯上擦肩而過時認出了他：是守在莎碧哈女士家門口那個聲音尖細的男子。我脊椎感到一陣涼意。他不是黑手黨就是蘇瑞亞．艾洛納的手下之一。他也認出我，走到平台時轉過身來，看了我半晌。他的右顴骨上貼了塊大繃帶，黑眼珠閃爍著寒光。表情像天生的殺手。

我們短暫地互瞄一眼，同時他快步走出公寓大樓。我考慮去追他。如果他沒武器，我可以抓他來審問。換句話說，雖然我昨晚發誓不管了，仍然準備好隨時跳進去。

他不是對我沒惡意，就是認爲這裡不適合除掉我。如果他不是要找我，一定是來找女記者的。有一點很明顯，現在他們知道我的行蹤了。

我跑上三樓。我估計門會開著，甚至裡面有屍體，但是公寓大門關得好好的。

我按門鈴。過沒多久，門打開。更精確地說，女記者從門縫裡探出頭來。她是極少數穿淡藍色不好看的人之一。穿這種顏色的上衣，她看來簡直像屍體。

「妳好，」我打招呼，「如果妳有空的話，我想跟妳談談。」

她顯然不高興見到我。你一定會以爲想要把我、對我又捏又摸的人是她另一個遠房親戚。此時她表現得很緊張。

「我真的沒空。我有客人。」

她頭髮很亂。我來的時機不巧嗎？鑒於昨天她熱衷性愛的表現，很可能她清醒過後就又繼續狩獵新對象了。

「不會太久。拜託，這很重要，」我求她。

她表情驚訝。我發現她沒在聽我說。她甚至不知道我在說什麼。

「那好吧，但我現在真的很忙。我在跟朋友討論緊急的事，」她說。

我的堅持一定生效了。她退開讓我進去。

在我昨天的位置上正是——想不到吧——那個娘娘腔記者，阿赫梅。他留著兩天的鬍渣，頭髮凌亂、雙眼浮腫，看起來四十好幾歲了。很難相信他這種娘娘腔會跟這個記者有感情關係，但是不要低估動機強烈的女性力量。跟阿赫梅這種人上床可不是人人能忍受的意志力考驗。

他沒從座位起身，跟我握握手。他的手又油又濕。我覺得他很噁心，知道大家的想法都一樣，但是荷爾蒙一旦飆到某個程度就很難說怎樣才有吸引力。我在場顯然令他不安。

我走近女記者問，「可以私下說話嗎？」

「當然，那樣比較好。我們去廚房，」她同意，準備帶路。她剛踏出兩步電話就響了。她道歉，回到客廳去接。

她說了一聲「喂」，瞪大眼睛望著我。自然，我也起疑了。我專心地聽她說些什麼。

「是，」她說，仍然望著我。「那好吧，我們會處理，」聽對方講了好一會兒之後她插嘴。

她聽電話時，眼睛一直盯著我，只在我們眼神交會時移開目光。我確定她在談我的事，對方可能是我在樓梯間遇到的惡棍。我就是要被「處理」的人，「我們」指的是她和阿赫梅。這就是所謂的「天上掉下來的禮物」。原來女記者也捲入了，娘砲阿赫梅也有份。我認識的每個人似乎都爲他們效命。

我必須擬個策略——而且要快。我對她微笑，假裝不知道怎麼回事。她也緊張地微笑回應，然後掛斷電話。

我們走到廚房。這裡比家中其他部分更髒亂。地上有張舊報紙，擺了放置好幾天的西瓜皮。

「你介意等一下嗎。我有事要告訴阿赫梅，我們談話時他可以繼續工作，」她說。

她丟下我自己一人在廚房，走掉，緊緊關上房門。原來如此；她想出了計畫，要告訴阿赫梅怎麼配合行動。他似乎不是很壯，但如果被逼急了仍然無法預料他會如何反應。我慌了。

先前用來切西瓜的大刀子就放在桌上。鋼刃變鈍生鏽又沾了果汁污漬。我拿起刀。以防萬一，我把握刀的手小心藏在背後坐到桌邊。

門打開，她走進來。我握緊藏匿的刀子。她俯身到桌上從口袋掏出一包菸。

「好吧，我洗耳恭聽。你要幹什麼？」

她把煙呼到我臉上。仔細觀察我，然後直視我的眼睛，她的眼睛開始作怪，瞇起來又瞪大。她或許是想催眠我。

「妳在葡萄牙學過催眠？」

「對，」她回答，立刻停止怪異的眨眼花招。

「妳回土耳其之後還在做？」

「當然了。記者的薪水又不高。我是說，有的還算高，但多數心跟我一樣。爲了賺外快我做過很多事。問這做什麼？你對這個有興趣？」

「可以這麼說，」我說，「妳催眠了布絲嗎？爲了讓她講話？」

我採用簡單扼要的戰術。她看來有點動搖。她深吸一口菸。她先看看地上，然後天花板，最後看著我。喉音的「是」浮現在煙霧中。

「我想也是，」我說，「就這樣了。謝謝。我不想再打擾妳了。」

該知道的已經知道了。布絲是在催眠狀態下透露一切。我沒有理由留在這個骯髒發臭的公寓。越快離開越好。我輕鬆地把刀放在地面的報紙上，從桌邊站起來。她阻止我。

「就這樣嗎？」

「對，」我說，「妳以爲還有別的事？我感興趣的只有這個。」

無論她下一題問什麼我都準備回答「不」。我要出去。她輕笑起來。

「少來，別玩把戲了，」她說。

「好吧。」

我後悔放下了刀子。我迅速蹲下，拿回來，退後，靠著牆。

「妳要做什麼?」我問。

「你又要什麼?」她反問,「別煩我們。我發誓我什麼也沒做。阿赫梅才是跟這件事有關的人。」

後面這句我毫不懷疑,但話說回來女記者也不可能完全無辜。她看起來有事瞞著我。

「怎麼啦?」

她顯然在猶豫該不該說。「情況失控了,」她說,「或許你幫得上忙。」

幫忙?我來是爲了自保。

「聽著,」她繼續說,「布絲要我用催眠術幫她戒掉藥癮。所以她才找上我。後來我發現她對暗示很敏感。我們完成療程之後,我又試一次。很容易,她開始說起自己的過去、她的人生。相信我,我沒什麼預期也沒有陰謀。我只在乎獨家長篇大新聞,或許還能上頭版頭條。」

她坐到我離開的椅子上,廚房裡唯一的椅子。她在髒盤子裡按熄香菸,看著我繼續說:「後來,我說過,我的報導被封殺了。我很生氣。這時阿赫梅出現。他發現我很生氣,安慰我,我全部告訴他了。」

原來如此。無論是否同志,阿赫梅一有機會就上她。他靠這樣維持他的男性氣概。安慰她只是藉口。

「賣情報是他的主意。當時我很氣報社,心想這提議似乎合理,所以我同意了。我們嘗試潛入布絲家,但是失敗。後來阿赫梅找來了凱漢。」

「我在樓梯上遇到的冷酷傢伙？」我問。

「沒錯。他也認得你。」

「是他打電話的，對吧？」

「沒錯，」她說，笑得歇斯底里。她伸手掩嘴，另一手摸索著找到了菸。

「妳不是剛抽完，」我指著盤子上的菸蒂說。

她聳肩又點了一根。然後她又在盤子上按熄，但還在冒煙。

「凱漢是專業竊賊。沒有他開不了的門。他闖入布絲公寓的時候，裡面已經有別人。有人捷足先登。」

「時機不巧，」我說。

「我們聽到布絲死訊很震驚。得知是謀殺之後，我們嚇壞了。我們想到的只是單純的勒索。或許偷竊。如此而已。嚇到之後，我們放棄了計畫。」

「眞的？」我說，「那麼冰人凱漢在莎碧哈女士家裡幹嘛？」

「阿赫梅從停屍間連絡人打聽到地址。他提議我們再試一次，說反正沒什麼好怕的。或許信件跟照片還在裡面。當時你跟那個鄰居逮到他了。」

「這傢伙似乎運氣不太好。」

其實我的意思是他遜斃了，但我忍住沒說。

「說得對。我們都挺倒楣的。」

她遲疑。她還想說什麼，但另有隱情不能說。原來這兩人也在找照片和信件。我們還有蘇瑞亞・艾洛納跟他的手下，索菲亞跟黑手黨，還有兩個外行記者。眞不可思議。如果布絲活著，她一定很高興。

「現在，」她繼續說，「他們認爲我們拿到了照片。他們追捕我們。他們抓過凱漢，威脅他。」

「所以他臉頰上有繃帶……」

「他們打他。他供出了阿赫梅的名字。阿赫梅慌了，我也是。我們該怎麼辦呢？我們什麼也沒有。我只有錄音帶，但是你拿走了正本。好歹體諒一下……」

「我還能怎樣？」

「你不是跟他們一夥的嗎？」

我們驚訝地互看。這次輪到我發笑了。哪有人這麼笨的？如果我眞的跟他們同夥——目標黨黨徒或黑手黨——我現在怎麼會來這戶公寓？如果我是他們，幹嘛還需要胖鄰居幫忙進入公寓？女記者她老公跑掉是對的。哪有女人這麼髒亂邋遢，住在這麼亂的公寓，還這麼笨？

他們當初能結婚眞是奇蹟，或者宿命。

「我的處境也一樣。有人認爲我拿到了，」我說。

她抽一口氣。

「我們去告訴阿赫梅吧。我們以爲你是來威脅我們的。凱漢看到守在樓下的人之後尤其緊張……」

「守在樓下的人？」

輪到我吃驚了。

我們去客廳找阿赫梅。趁她告訴他狀況，我窺探窗外。下方街道有幾個男子在一輛黑色汽車裡等候。他們看到我了。我對他們隨便揮揮手。這很蠢，但我只能想到這樣。至少我沒微笑。

索菲亞的爪牙一直在跟蹤我。我醒來時沒做任何預防措施。我被跟蹤到了這裡。這下可好了！

阿赫梅表情從緊張變得相當溫馴。

「相信我，我不知道這件事會變得這麼嚴重，」他說，「否則，我絕對不淌這種混水。我是說，如果我眞的喜歡這種事，幹嘛抱著相機跑遍全市謀生？」

他說的或許是實話，但他仍是找來笨賊凱漢的人。阿赫梅還是有些黑暗面。

我沒有理由再跟慌亂的女記者和阿赫梅攪和。我們頂多只能搓著手，努力互相安慰。沒必要。

離開他們時我想著要去哪裡：如果我回家，他們會跟著我，我會被監視。我必須設法擺脫他們。但是能去哪裡呢？

我認爲唯一安全的庇護所就是我家。如果出了事，如果有什麼麻煩，我就會回家。現在黑手黨就守在我家大樓外面。我在全世界最私密的地方已不再安全。想來眞是洩氣。

阿赫梅和女記者開了瓶酒，正一起依偎在沙發上互相安慰。他們說一切都會沒事的。我找上門時他們一定就在做這種事。以這種速度，他們連一壘都上不了。兩人都缺乏熱情。我不喜歡沒激情的性愛。我不能接受。

我看著他們也感到同情。他們一直互問接下來怎麼辦。太可悲了。

「那你們何不交出錄音帶。自救啊！」我建議。

「可是他們不會相信我們……」女記者說。

「把跟我說過的告訴他們，」我勸告，「天曉得，他們或許會相信。」

我不認爲我的忠告有什麼用，但我受夠了他們訴苦。天無絕人之路；只是必須採取不喜歡的行動。

「你眞的這麼想？」她問。

「我們可以試試，」阿赫梅說，「我們下去交出帶子吧。」

「他們若是看到卡帶，還是拷貝的。事情只會越搞越糟，」她主張。

她說得有理。

「原版還在你手上，對吧？」她問。

「對，在家裡。」

「不如交出去吧？我們可以下去跟他們談。你帶他們去你家，交給他們。這場惡夢就結束了！你說呢？」

女記者顯然認爲這是最佳對策，想要盡快完成。

卡帶不可能用來當證據；況且，任何八卦都可能描述同樣內容。沒有證據，言論就不重要。資訊來源是個已故變裝者，可疑到了極點。卡帶不會對我們有任何幫助。我們都聽過了該聽的，還有副本。沒有理由不交出正本。

「好吧，」我說。他們很高興。

我們三人拿著副本當作預防措施，一起走下樓梯。我們直接走向車子。

裡面的兩個男子正在吃捲餅。他們整天跟蹤我們，不能指望他們別吃飯。他們也有需求，會餓會渴。他們喝罐裝可樂。我們走近時，他們坐直身子。車窗打開。生洋蔥氣味撲鼻。

我開始陳述，但女記者和攝影師一直打岔。我閉嘴退開。畢竟，他們是記者。

車內男子面無表情地聽著。他們眞是三流嘍囉。我猜他們連任務簡報都沒做。他們只是奉命跟著我並打電話給老闆，無論那是誰，報告我的行動。白癡記者從頭開始說，亦即布絲之死，提到很多次蘇瑞亞・艾洛納。說到他的名字時車內男子似乎稍爲蠕動，彆扭地微笑。我的腸胃翻攪。

雜七雜八的解釋花了好久，但是終於說完了。

「那就給我們帶子吧，」乘客座上的男子說。

「沒辦法。在他家裡。」

阿赫梅指著我說。

「那就一起去拿，」司機下令。

他顯然很笨。我們三人坐進後座。如果我們打算攻擊他們，前座兩人毫無招架之力。但是，我們無意惹麻煩。
我沒指點他們。他們認得路。

# 29

我交出卡帶，他們四人離去。

不可能這麼容易了事。我又回家了。甜蜜的家。我可能仍然被監視。畢竟，他們只拿到一捲卡帶，不是信件或照片。

我正要進浴室時電話響起。是索菲亞。

「這卡帶是什麼?這怎麼回事?」

卡帶不可能這麼快交到她手上。她更不可能聽過內容。

「是布絲生前接受的訪談。她透露了她睡過的每一個人。」

「連他也有?」

「對，」我證實。

「你怎麼沒交給我?你一直留在手上。」她恢復了壞脾氣的自我。

「我不認爲那有什麼用處。卡帶不能當作證據。」

「我們自己會判斷。」

她掛斷了。

他們動作快得驚人。眞神奇。

洗澡之後我上床，身上還是濕的。我洗掉了女記者家裡的臭味。布絲的兇手仍然沒有消息。警方一定把她的案子納入謀殺懸案了。我想做的事情全部失敗。我沒找到信件和照片，沒救出布絲的瞎眼老母或查出殺她的人。我被綁架、威脅又弄破了我最愛的衣服。徒勞無功。擦傷和瘀青都是附贈品。

如果他們對帶子滿意，我看很難，我想要擺脫這整起事件。我徹底累壞了，但是睡不著。我決定泡杯茴香茶看電視。我只在水壺裝了足夠的水。

等待燒水時，我走到答錄機按下播放鍵。只有我剛離家時阿里的留言。我回去泡茶，從廚房聽見阿里的聲音：

「週日快樂，我是阿里。我在辦公室工作。我以爲你會寄東西給我。快兩點了。我很快就要走。不曉得你怎麼樣了。聽到請回電。再見。」

我不敢相信我的耳朵。他沒收到我寄的信封。我明明交代過車行的人十點以後送到。根據另一名司機所說，胡笙就是這麼做的。但是信封沒送到阿里手上。其中一定有鬼。

我立刻打給阿里。他永遠帶著手機。響第二聲他就接了。

「喔，你好，或者我該說早安，或許是晚安……」他說。

「阿里，你收到我寄的信封沒有？」

「沒有，」他說，「我有留言告訴你我要離開辦公室了。我又留了一小時，但是沒收到信封。」

「這就怪了。我一大清早就交給計程車行，讓他們十點以後送到。有個知道辦公室地址的司機拿了，出門去遞送給你。」

「他可能留給管理員了，但我沒收到。你知道嗎，我出來時有看到聶夫札先生，但他什麼也沒說。」

原來聶夫札先生是管理員也是園丁。

我掛斷後，努力整理思緒。我把信封交給雜貨店小弟，指示他交給等在大樓前的司機。計程車行的人稍後證實收到了。然後那個多嘴的老司機告訴我胡笙大約十點鐘帶著信封離開，但是過了中午還沒回來。所以信封上路前往阿里的辦公室，但是沒抵達。

我一直都有點懷疑胡笙。他似乎老在最湊巧的時候出現。他可能懷疑信封裝了什麼而打開。他可能以為是私人物品。我還有更糟的懷疑。萬一胡笙一直都跟事件有關呢？若是如此，他是哪一邊的？他不可能是蘇瑞亞的手下。只要一提起「同性戀」這字眼他們就退避三舍。但胡笙……沒有這種排斥。他或許是索菲亞的人。甚至可能單獨行動。他跟我說過他夢想當個偵探，想跟我合作。要是我從來沒有這種懷疑，似乎不太可能。

或許我送信封時在大樓被監視了，跟現在一樣。他們發現有包裹送出來。如果第一晚他們看到胡笙跟我一起，很自然會假設他有什麼重要性，或許也會跟蹤他。無論對目標黨或黑手黨，胡笙都是有價值的獵物。

光想到這兒我就嚴重頭痛。我進浴室拿了兩顆止痛藥。從我的眉毛到髮線，整個額頭脹痛。這種感覺很像良心不安的時候。其實，我沒有理由自責，或追究自己的責任。但是這種理性思考無助於減輕我的頭痛。

我心裡一部分甚至認為胡笙完全是活該。他裝腔作勢、笨拙、徒勞地嘗試勾引我、他連續兩晚到店裡來，無疑在門口利用我的名義進來，然後淪落到跟那塊豬油穆潔在一起。雖然自尊受損、渴望報復，我還是無法說服自己希望胡笙遭受傷害。我天性善良，或許不是聖人，至少也超過常人。想像胡笙因為被派去幫我跑腿而捲入麻煩，令我好煩惱。

我打去計程車行冷靜地詢問胡笙在不在。我想接聽的人是胡笙的朋友，剃光頭、手上有刺青的傢伙。「他還沒回來。等他回來我會叫他過去，」他用厭煩不悅的語氣說。

我的平靜才剛恢復不久，又感到一股怒氣。腦中有個聲音叫我跑到車行，掐住那傢伙的喉嚨痛扁他一頓。那樣才能發洩我的挫折感！

我常忽視內心的聲音，這次也一樣。我坐到最愛的椅子上，從塑膠膜取出一本三天前寄來的電腦雜誌。但我沒忘記惹惱我的朋友，總有一天要修理他。我翻閱雜誌，心裡想著未來的報復。即使我想要閱讀，裡面多半也是無用的資訊。但是，我有更急迫的事要專心。我喝完茶，站起來。

我在家裡踱起步來。我需要專心想某件事情的時候經常這樣。我打掃，丟掉不需要的東西，整裡我的物品，偶爾還會搬動家具。我容忍這樣的改變好幾天。然後，週一打掃女佣過來，一切恢復原狀，我會感覺好一點。我面對的第一個任務是攤在沙發上的一堆東西，從內褲與落單的耳環，到舊筆記簿和照片。我迅速撿來看。有本舊相簿裡掉出一張音樂廳的照片，當晚在你桌邊拍照賣給你的那種。黑白舊照片釘在紙板相框裡。我逐一檢視。有個新的發現。某天我們一大群人外出時，布絲曾經抱著法魯拍照。貝琪絲不在照片中；她一定沒跟我們在一起。

現在我懂法魯爲什麼一直想找我談了。那一晚在店裡我離開他們桌子之後，布絲去了他們那桌。我知道他們曾經有段三角關係，但我完全忘了布絲和法魯也有過更「親密」的關係。原來法魯也被錄音帶的新聞嚇到了，想要自保。

我一秒也不耽擱，打給他們。貝琪絲接的。我們沒聊什麼大事。我必須想個理由要求跟法魯講話。想不出來。無論我想到什麼，貝琪絲都會吃醋。

問候法魯之後，我掛斷。

索菲亞跟她的黨羽自從拿到卡帶之後就銷聲匿跡。不曉得他們是否找到了我丟在文化中心停車場那輛Passat。索菲亞沒提過車子的事。如果還沒找到，爲什麼沒來問我？蘇利曼知道我的店在哪裡，也可以輕易找到我的公寓。至少，他應該帶幾個打手出現——因爲他無法單獨對付我——逼我說出車子在哪裡。這個蘇利曼到底想幹什麼呢？

今晚異常陰涼，甚至有怪風。不像平常潮濕、凝重的伊斯坦堡夜晚。我沒開電視或CD音響。寂靜得幾乎有點詭異。

藥效發揮了；我的頭痛漸消。我從床頭櫃拿起一本沒看完的書。一頁都沒看完我就睡著了。

# 30

今天是布絲的葬禮。意思是，今天至少我會知道誰領了她的遺體。我努力壓抑好奇心；時候還早。偏偏我一向不擅長等待。

如果我繼續晚上早睡，在黎明起床，我的生活模式會變得亂七八糟。我是夜生活的女士；白天是男人。假設沒有意外的麻煩，葬禮後我必須休息幾小時。否則，我在店裡會很難看：掛著眼袋，眼神渙散，沒有風騷，沒有氣氛。變成只會發出虛偽笑聲的人。那不像我！

我洗澡，準備我的早餐，看電視，穿衣服，換衣服……仍然沒有任何訪客或來電。

莎蒂女士知道我通常晚起，下午才會上門打掃。我不喜歡睡覺時家裡有任何動靜，也不容忍洗衣機或吸塵器的噪音。所以莎蒂女士一來我通常就離開。我不是去購物，就是上戲院或在辦公室待一天。還要過幾小時她才會來。

我翻閱今天的報紙，瀏覽我最愛的副刊專欄。看到時尚版的時候，我發現我準備穿去葬禮的衣服有點過頭了。我得換掉。但我無法決定該以男人或女人身分出席。

我是這麼打算的，如果我們小姐大批出現，我大概會扮成時髦但懂節制、有品味的淑女；如果哀悼者主要來自社區，就必須穿男裝。

比較炫耀的選項自然比較容易引人側目。我穿上深藍色洋裝。無袖，無領，背後拉鍊，到大腿中央的長度。到這裡爲止還不錯。我頭上戴了頂雨傘大小的深藍色草帽。用緞面短手套與Gucci墨鏡修飾端莊的效果。當我正要決定戴雙圈珍珠項鍊還是假花時，莎蒂來了。她的品味很好。我問她意見，我們決定戴珍珠。穿上那雙幾乎無跟的扣環高級皮鞋之後，我準備好了。我看起來好像七〇年代的YSL模特兒，也有點像《青樓怨婦》的凱薩琳．丹妮芙，或許也像愛莎．瑪丁妮莉或夏綠蒂．蘭普琳。我往鏡中的自己送個飛吻。太好了！就這樣：我又成功讓自己看起來像《偷龍轉鳳》的奧黛莉了。

「您看起來美極了，先生。」

莎蒂女士太有禮貌，每次都會稱呼我先生。

我準備好了，雖然還是有點太早。我沒有理由提前去閒晃。

想到我可能被要求在葬禮上講一段禱詞，我開始思索我記得的經文。我很久沒練習了，所以記不得太多。我無法背誦整段「初章」（Fatiha）。只有靠莎蒂女士幫忙我才唸得完可蘭經的第一章。

電話整天沒響。眞奇怪。我拿起話筒聽聽是否故障。傳出的撥號音清清楚楚。不，沒有故障也沒被切斷。但是沒人打給我。我開始捏造陰謀論：或許我的電話被竊聽了。

我發現我太傻了。我最好主動打給小姐們安排跟誰去葬禮。

我從住得最近的開始打。梅莉莎用最睏最男性化的聲音接聽。我問她是否打算去葬禮。她慢慢地逐字回答。

「大姊，可是在哪裡啊？一大清早可別去鳥不生蛋的鬼地方，」她說。

我告訴她在薩瑪帖區。

「眞主垂憐，唉，我們去那裡能幹什麼？還請見諒，而且我累壞了。熬夜整晚一堆問題。」

因爲我不在意她的麻煩是什麼，所以沒問。

「您想去就去吧。要是發生什麼事，你回來再告訴我。跟我親自去也沒差吧，」她說完就掛斷了。

接著我打給澎澎和依佩坦，兩人都想跟我去。就算遠在薩瑪帖區也不成問題。澎澎會開車來接我，途中我們再去接依佩坦。可想而知，澎澎問我穿什麼。

「我的深藍洋裝，」我說，「我不想穿便服。」

「當然了，唉，這是最後一次向她致意了。我也要盛裝打扮。我差點決定穿便服去。」

「嗯，可是親愛的，在我印象中你只有那些華麗的戲服。你能夠生出普通的便服嗎？」

「當然，」她誇耀說，「你怎麼認爲這些年來我只穿我親愛的已故母親做的衣服？我把它們封存起來只在婚禮、葬禮、出庭之類的場合拿出來穿。」

她穿她母親的老式套裝挺難看的，但我沒說什麼。

等待中，我把幫阿里準備的程式拷到另一片ＣＤ上。這次我不敢冒險，叫了機車快遞員。我把信封交給莎蒂女士加上口頭指示。

我舔信封時，澎澎來了。我戴上帽子，走下去搭車。

上車後我們上下打量對方，爆笑起來。她穿了淡灰色女校長式上衣搭配同色裙子。

「這麼熱你怎麼還穿羊毛套裝？」

「還能怎麼辦？別的穿不下，」她說，「你看起來才像要去時裝秀，而不是葬禮。」

「是賽馬會，」我糾正她。

「什麼？」

「賽馬會，英式賽馬活動。讓大家炫耀他們的帽子……」

「你是說像《窈窕淑女》那樣？」她問。她是有文化的女人，知道這些事。她也知道我有多喜愛奧黛莉赫本。

我們一路竊笑著到依佩坦家。我們都沒提到如何穿著，所以她穿了男裝。

「看看你們兩個，」她說，「他們不會讓你們倆穿這樣進行禱告的。我們會被石頭砸死。」

澎澎問，「誰打算進行禱告了？我只想待在一旁看看誰來了誰走了。喔，還有接受致哀。」

「你看得出來，我也無意禱告，」我說。

「呃，我從不禱告，」依佩坦抱怨，「那我們幹嘛去？向民眾挑釁嗎？」

「唉，」我說，「如果這樣算是挑釁民眾，管它的！反正，我們都是不禱告的懶人。」

「或許對他們會有好處，」澎澎低沉地笑一聲補充說。「時候到了。順其自然吧。」

「唉，別鬧了！我們是要去葬禮，不是同志大遊行。」

我們沿途問路，找到了薩瑪帖區的清眞寺。有個小庭園，但是隔壁就是兒童遊樂場。我們把車停在門口，打開車門在車上等待。我把長腿伸到車外，保持平行。長時間維持姿勢太不舒服。我翹起二郎腿。

今天排了兩場葬禮，雙方親友都在等待。還要再等半小時。我看到幾個認識的小姐。大多數穿男裝，其餘的人服裝也相當克制。我尋找哈山，但沒看見他。店裡送的巨大花圈放在棺木附近。我瞥見肯尼站在社區哀悼者之中。他也看到了我。他點頭招呼，沒讓身邊的人發現。他很尷尬。他不願意被看到跟我們在一起，但又忠誠得過來送布絲最後一程。

人群越聚越多。從我們的座位，只看得見從一側抵達的人，清眞寺入口被擋住了。這樣下去，我會錯過我認爲値得注意的人。我決定下車加入他們。

我發現的第一個人在意料之中，但希望不是第一個遇到的人。歌努兒一看到我們就撲過來。頭巾牢牢地綁在她的下巴，她也戴了一副巨大的墨鏡。

「像這種時候往往可以看出來誰是眞正的朋友，」她哭道，想要擁抱我。

她撞到了我的帽子。寬帽沿是阻擋她這種不受歡迎人物逼近的自然防護裝置。我介紹她認識另兩人。或許誤認破舊衣服是異性相吸的徵兆，她裝熟挽著依佩坦的手臂。依佩坦沒什麼耐性。她很容易無聊。我不懂她爲何忍受這樣。

澎澎用拉長的語氣，丟出一個白目問題：

「穿禱告披肩的那個人是誰呀？」

我簡短向歌努兒解釋。她噘起下唇，微微搖頭，聽我說話。

「隨便啦，她不是我們這一掛的，」她看著反方向說，不再開口。

其餘悼客有點不以爲然地看著我們。我沒多想。我們跟別人一樣有權利參加。

我擁抱以壞脾氣聞名的鄧波・貝札。按照這種日子的慣例，現場充滿善意的氣氛。她放下了黑色長髮披在肩上。她融合了克制和炫耀：實用的牛仔褲和T恤，但是化了舞台濃妝。她低聲問我避免被人聽到：

「你認爲教長會用男人還是女人的葬禮儀式？」

我笑了，像女歌星艾妲・佩坎咬著臉頰以免爆笑出來。

哈山終於出現。他剛下車。照例，他的牛仔褲滑到了屁股上。他伸出一隻手扶車上的人下車，整個股溝都露出來了。我的目光從哈山的屁股移到他扶的對象：索菲亞！

我知道他們認識，但是沒料到他們會一起出席葬禮。他看到我之後揮手笑了笑。

索菲亞下了車。她的墨鏡遮住了大半個臉。一側嘴角似乎腫了。我走過去。

對，左側絕對腫了。即便粉底也遮不住瘀青。她歪著嘴，很困難地說話。

「說服他們相信你一點也不容易，」她指著自己的臉說。

我沒說話。我是說，她挨揍是我的錯嗎？她雙手擁抱我。

「無論你接不接受，我都用自己的方式愛你。」

我不知如何是好。我一點也不想擁抱著她感激地哭泣。我清清喉嚨。不，沒有哽咽或呼吸困難的感覺。沒有任何情緒反應。我輕鬆隨便地拍拍她肩膀。

雖然我戴了Gucci墨鏡，哈山還是感覺得到我在不懷好意地偷瞄。不可能沒注意到。他似乎很緊張。

他擁抱我時，我向他耳語，「你這叛徒！」這就夠了。整場葬禮他會心神不寧。我不知道他爲何跟索菲亞結盟，但我了解她，絕對不是好事。或許哈山是她的勒索集團成員。

「我可以解釋，」他說。

「我相信你可以，」我回答。

我移開目光。我眞的不想聽解釋。把哈山逐出我的生活和夜店並不困難。

我告訴自己當地市場送的葬禮花圈不可能是爲了布絲。同時，一群趾高氣昂的小姐來了。她們只認識我們，但是每當有變裝者被殺的葬禮，她們會全體出動。就像前幾天在停屍間那樣。她們的動作簡短迅速又煩人。她們不停左顧右盼，眼神發亮，一有麻煩隨時準備戰鬥。她們的叛逆絕對是正確的，我同情她們。雖然明顯缺乏組織，她們總是能很有系統地提出抗議。但是我不敢說我欣賞她們的作風。我自己比較偏向文靜那型。

午禱念完後，人群開始湧入清眞寺祈禱。肯尼和依佩坦幾乎並肩走進去。我想起鄧波·貝札的疑問，猜想依佩坦會跟婦女或男士一起禱告。

我忙著想事情的同時，三輛黑色豪華轎車停成一排。人群騷動，交談聲越來越吵，同時湧向車陣。

我很高，但是看不見下車的是誰。有些西裝男子。他們抬著兩座誇張的葬禮花圈。背後某處，我聽見歌努兒大叫，「啊哈，是莎碧哈阿姨！」

我立刻推擠著穿過人群走向車子。戴著這帽子可不容易，但是巧妙地偷偷用手肘頂幾下，再輕踢一下就能清出路來。

中間那輛車前面圍了很多人。車子被西裝男子護住。後門打開。莎碧哈女士坐在後座靠近我的一側，露出茫然空洞的眼神，高貴沉默地注視著。意外的是，眼睛沒有哭得紅腫，但她看來確實很虛弱。她伸出手，讓致哀的人們親吻。手上有一枚簡單的戒指。

保鑣們隔開大多數人群，少數獲准接近老太太的祝福者只能夠吻她的手，然後就被趕走。

車子另一側也有一小群人。眾人有點推擠，但是尊重葬禮所以保持沉默。我稍微彎腿，俯身看看車內另一個乘客。

我看到的同時屁股被偷捏了一把，讓我更加震驚：坐在後座莎碧哈女士旁邊的，正是蘇瑞亞・艾洛納！

我不理會鹹豬手，迅速繞到車子的另一邊。看到蘇利曼坐在司機位置，我更加驚訝。我不禁咒罵了一聲，所有人轉過頭來看我。我跟兩三碼外的車子之間暫時清出一片空間，我跟蘇瑞亞・艾洛納眼神交會。

就像照片裡一樣，他有某種威嚴。他看著我的時候，嘴角露出淺淺的微笑。

# 31

我們短暫地互瞄一眼。他用右手示意我走近車子。保鑣們讓開。被人群推向前，加上好奇心吸引，我走向他。

「連絡你比我想像的困難，」他說。

他看我的眼光咄咄逼人。他面無表情，幾乎像死人。但他的眼睛像兩隻小黑蟲到處看。我移開目光環顧四周。賈利古柏／蘇利曼雕像似的坐在前面。他根本沒轉頭來看我。難以想像前兩晚他羞怯的氣息曾經吸引過我。對我的自信心眞是一大打擊。

「我一直想見你。蘇利曼安排得不太順利。」他說話時，輕摸蘇利曼的肩膀。「葬禮後請留步。其實，如果可以的話，請賞臉跟我一起走。」

雖然措辭客氣，這顯然不是輕鬆的邀請。我毫不猶豫地答應了。反正莎碧哈女士在他身邊，我想他不至於傷害我。

「失陪一下，我想加入禱告。」

我剛好站在車門外，擋住了他的路。我讓開。他下車立刻被保鑣包圍。他從清眞寺的庭院喊道：

「在車上等我。」

他口氣的權威感無庸置疑。這一定是所謂的領袖魅力。否則，哪來這麼多人隨他使喚？他前進時路自動清出來，大家都退後讓路給他。

蘇利曼說，「請上車。不要曬太陽。」

我很驚訝。彷彿我不是他想要綁架、後來打倒他、綁住他的手把他丟在荒郊野外又沒有車的人。但他非常有禮貌。我謝謝他，但是沒上車。我只俯身向莎碧哈女士致哀。我自我介紹是費維茲的朋友。

布絲告訴我「盲人用手觀看」果然沒錯。老太太也有靈敏的嗅覺。她立刻察覺我擦了女用香水。

「你是布絲的朋友，對吧，孩子？你不用叫他費維茲。到頭來連我都開始叫她布絲了。」

我想問她怎麼會在蘇瑞亞・艾洛納的車上，她這幾天都躲在哪裡，她如何不留痕跡地消失。但她伸手放我嘴上以便聆聽教長聲音。她閉上眼睛，開始唸禱詞，嘴唇抽動。她閉眼時我發現她的臉孔充滿痛苦。看不見的眼睛睜開時，遮蔽了很多東西。但是這一刻，她眼睛周圍的肌肉抽搐，嘴角緊繃皺著眉頭。每條肌肉都各自述說著苦難的故事。

我上半身在車裡，屁股露在外面，看來一定很醜。我暫時接受蘇利曼的邀請，上了車。雖然車門開著，空調仍在運轉。沒什麼作用，但車內還是涼快些。

莎碧哈女士結束禱告說了聲幾乎聽不見的「阿門」，我想起禱告了。我唸出離家之前跟莎蒂女士練習過的初章。好像漏了幾句，但我相信心意比字句本身更重要。我是說，如果禱告真的有用，我的版本也會有用。

從人群的騷動看來，葬禮禱告結束了。因爲我懷疑蘇瑞亞．艾洛納會不會擔任抬棺人，連忙下車去看清楚。我下車時蘇利曼突然轉身。我默默向他示意沒關係，不需要緊張。他恢復原來的姿勢。

果然沒錯，就在眾目睽睽之下，費維茲／布絲的棺材一角放在蘇瑞亞．艾洛納肩上。最怪的是現場完全沒有通常跟著他跑的媒體。連一個攝影師或電視攝影機都沒有。原來選擇偏遠社區街道狹窄的清眞寺不完全是巧合。媒體沒聽到風聲。或者他們被擋下了。或許整個社區都被封鎖了。

蘇瑞亞．艾洛納只扛了幾秒鐘棺材。他把崗位移交給另一個人，跟幾個人握手之後，照舊在保鑣包圍中回到車上。

保鑣們在他周圍組成人牆，但即使如此，人牆並不能擋住幾個人過來跟他握手，有一兩個人甚至擁抱並親吻他。我看見有個吻他手的人正是胖鄰居艾努兒的法院職員老公，一點兒也不驚訝。把蘇瑞亞．艾洛納的照片驕傲地掛在客廳裡的當然會做出這種崇拜行爲。誰曉得她老公還幫他做了什麼事。我認識的每個人似乎都跟幫派或目標黨有關聯。

爲了讓蘇瑞亞．艾洛納方便上車，人群被隔開。我也被往後推到圍觀的人群中。

上車之後，他看看窗外。一看到我，他就盯著我。

「如果你願意，我們送你回去。我們在路上談，」他說。

他一揮手指示，保鑣們把我拉向車子。他跟莎碧哈女士坐在後座，光憑我這頂巨大的帽子他就不會邀我坐在一起。

「前座，麻煩你，」他說。

不客氣。這時保鑣把我推到車子另一邊。車門打開。我脫下帽子，上車。三輛組成的小車隊駛離現場。

我把帽子拿在手上，找不到地方放。想放腿上，但是放不下。我和蘇利曼之間或腳下地板上也沒空間。

「如果你同意，就放後車窗吧，」蘇瑞亞．艾洛納提議。他比我預期的有禮貌又有口才。我把帽子交給他。我摘下墨鏡，一隻手拿著。然後轉身半圈，面對他。

「請繫安全帶，」蘇利曼說。

我照做。車門關上後，空調又發揮作用。涼空氣流遍全車。

「我在聽，」我大聲說。寂靜令我不安。

「首先，我想說很感激你做的一切，」他開口，「我跟蹤你，什麼都知道。我知道你想要幫我們，保護費維茲，願阿拉讓她的靈魂安息，保佑我的莎碧哈伯母。」

原來這幾天有大批間諜追蹤我的一舉一動：一方面有索菲亞的幫派，另一方面有目標黨的嘍囉。而我什麼都沒發覺。我想這就是外行與專業的一線之隔。

「放輕鬆。我們有你在找的東西。我們一開始就拿到了。沒有危險。我把它全毀掉了。親手執行。」

我想聽比較詳細的解釋。他發現我表情驚訝，繼續說：

「我跟費維茲的感情很多年前就結束了。」

他談起過去的同性戀事件顯得這麼輕鬆——還是在對方的母親面前，讓我很不安。他又察覺了我的情緒。

「蘇利曼知道我的所有事情。他從小時候就一直跟著我，像養子一樣。我沒有什麼需要瞞他的。」

所以蘇利曼現在滿足你的秘密禁忌性慾嗎？有胸部的變裝者換成了魁梧的保鑣？我轉身又看看蘇利曼。我的賈利古柏視線沒有離開路面，但有在聽。他說話了。

「過獎了，先生。你一直把我視如己出。」

我不確定他的口氣中有沒有激情，但是，即使只是深感尊敬的結果，他聲音有點抖。我想到了所謂美好友誼，只屬於逝去的年代，讓人說起來口氣會發抖的那種。

「謝謝，蘇利曼，」他說，「有必要的話，他會犧牲自己的性命。幸好，那不是阿拉的旨意。」

莎碧哈似乎不只眼盲還耳聾了，坐著一言不發也沒有任何反應。她把玩著左手上的婚戒，在手指上轉來轉去。蘇瑞亞伸手放在她手上。

「至於我親愛的伯母，多年來她全都知情。只有阿拉知道得比她多。」

莎碧哈搖搖頭，眼淚流下她的臉頰。蘇瑞亞指甲精心修剪過的溫柔手掌握住她的雙手。捏了一下。力道似乎超過表示安慰的必要程度。我不確定有多痛，但是她眼淚流得更快了。

「聽別人說不要難過根本不是安慰。你在哀悼。那是神的旨意。無法避免，」他說，口氣照樣冰冷。

莎碧哈往他的聲音轉頭。蘇瑞亞拉她靠在他肩上。他們好像母子，擁抱在一起。不，其實他們不是。他們年齡太接近了。莎碧哈拿出藏在袖裡的手帕，擦擦她的眼睛跟鼻子。然後她咬著手帕在角落默默哭泣。

「我跟費維茲的關係結束了，但跟莎碧哈伯母還沒有。有空我會過來看她，假日與聖紀節一定會打電話。她就像我媽一樣。打從相識那天起，她把我當作兒子一樣接納。她也耐心聆聽我的麻煩。我什麼事都跟她說。你知道基督徒的告解，很像那樣。每當我有煩心的事，不知道該怎麼辦或良心不安時，我會來找她。告訴她一切。」

他說得很感人，但缺少一樣東西：感情。他似乎完全沒有感情。他臉上還是一樣平靜。冷淡的口氣令人膽寒。如果我閱讀他的台詞，或許會相信他；但從他嘴巴說出來，一點也不可信。

「從現在起，她要跟我住，像家人一樣。我虧欠她很多。即使只有微不足道的協助，也是我的責任。」

我看到的是尊敬－情感－恐懼的表演。但沒維持太久。蘇瑞亞・艾洛納跟我一樣覺得莎碧哈不斷哭泣很煩。

「夠了！」

他從肩上推開莎碧哈，突然變得強硬權威。戲演完了。挨罵又被推一下之後，莎碧哈閉嘴。我懷疑她願不願意這樣坐在他旁邊，然後想到她在他家的生活，永遠在他的控制與掌握之中。

「早在我爬上這個位置之前就很清楚，很久以前拍的照片可能有一天會曝光，傷害到我。但是，費維茲非常重視她的回憶。她不想毀掉照片。那是她的回憶，也是我的。我暫時尊重她的意願。」

我們這時在快速道路上行駛。透過深色車窗，看起來很暗。從外面不可能看見我們。正合我對蘇瑞亞・艾洛納的預料。車窗可能還是防彈的。

「後來她聲稱毀掉了信件和照片。我當然不相信。我搜索她的公寓。東西不見蹤影。」

莎碧哈灰白的臉上顯然出現了恐懼。

「起先我以為她說的是實話。但我又開始聽到謠傳。我得採取行動。我不知道她把東西藏在哪裡。我問她，她否認，反覆地說已經毀掉了。」

我默默誇獎她。顯然布絲，也就是費維茲，一路高明地牽著他的鼻子走。

「我一直知道費維茲遭到騷擾。但我沒有干涉。然後費維茲告訴了你他把照片藏在哪裡。」

對，她在店裡告訴我的。我的頂樓辦公室。但是蘇瑞亞・艾洛納怎麼會知道？

「自然，你聽了會很驚訝，」他說，「不用麻煩去追查了。哈山在偷聽。」

原來如此。有點震驚：哈山，我們家的哈山！對了。我跟布絲談話時哈山進過房間。所以布絲顯得很緊張。

「所以哈山跟你們一夥的？」我相當緊張地問。

難以置信。哈山跟目標黨會有什麼瓜葛呢。他所有時間都在跟變裝者打屁炫耀他的股溝。如果他是目標黨的人，他跟索菲亞又在演哪一齣？

他只禮貌地微笑回應。這個千言萬語的笑容足以贏得奧斯卡獎。任何演員都會羨慕用這麼極簡的表情傳達這麼多意義的能力。微笑表示哈山是他們的線人，也是在索菲亞勒索幫派中的內應。在我店裡也是。事後一定要教訓他，我暗自發誓。

蘇瑞亞·艾洛納又看穿了我的心思。

「別誤會，他跟我們沒有直接關係。就說他是個朋友吧，」他暗示，「我希望他留在你身邊。我想這樣對你跟貴店都比較安全。」

好樣的！我被公然威脅了。

「呃，我們跳到命運的那一夜吧。我們也是看電視新聞才知道的。我毫不猶豫，去找莎碧哈伯母。我知道她會需要我。」

我沒這麼好騙。他當然是去找照片和信件。但我沒說出來。

「爲了避免任何潛在衝突，之後我就把她留在身邊。」

「你也拿走了公寓裡所有手寫和印刷的材料，」我忍不住說。

「正是。我們不打算冒任何風險。」

「你怎麼讓外頭聽不到聲音的？那個鄰居連走廊上一隻蚊子都聽得見，但是她沒發現。」

「你說得對，」他說，露出難解的微笑。我確信這又是奧斯卡等級的演技。但這次我無法解讀。

「鄰居，」我大聲說出來，「他叫什麼名字來著，法庭職員……」

「沒錯，」他說，「看吧，你知道的眞不少。葛克柏兄弟很幫忙。他在公寓大樓裡採取了一切必要的防範。

「怎麼做的？」我問道，「那裡人人都愛管閒事……」

「是啊。他安排了一點聲東擊西。趁大家在忙的時候，我們安靜地執行計畫。」

我忽然想起跟那棟公寓大樓同一條街被燒毀的大樓。甚至想起了辛辣的煙臭味。

「火災嗎？」我問。

蘇瑞亞．艾洛納沒回答，只淺笑一下。意思很清楚。這個人不需要每幾秒鐘就端出巨星級的演技。

我們默默相對片刻。我討厭坐在行進車輛的後座。我會暈車。現在就是。不只我的座位令我作嘔。還有我剛得知的事情，變態的關係，自私的算計，被哈山暗算，蘋果臉的老公葛克柏竟是激進的黨員……他們都是。我愁眉苦臉。

「你還好吧，」他問。

「嗯，謝謝，」我說，「只是坐在後座有點暈車。」

「請放輕鬆。如果你想要，我們稍停一會兒。出去透透氣。蘇利曼？」

蘇利曼立刻減速開始切進最右側車道。

「眞的不需要。我沒事，」我說。

「那好吧。」

「我想問你一件事，」我說。

「請便。我很樂意幫你了解任何議題……」

「你爲什麼派蘇利曼來勾引我？」

他微笑。這次是眞心誠意的。

「他奉命護送你來見我。但他可能很喜歡你的魅力。這方面他不是奉命行事。」

蘇利曼一路臉紅到耳根，但沒說話。

「沒什麼好害羞的，蘇利曼，」蘇瑞亞說。「這位年輕女士的魅力和美貌顯而易見。如果你喜歡她，儘管直說。我們可以再邀她來一趟。」

我感覺更噁心了。

「不用麻煩了，先生……」蘇利曼結巴說。

眞是大膽無禮！他的意思是從來沒有被我吸引。揍他一頓眞是打對了。蘇瑞亞微笑繼續看著。

「你眞的把他打慘了，自尊也有點受傷。我們沒料到會這樣。」

「很抱歉我打傷了他，」我說謊。我心裡有數。「我只是要他告訴我怎麼回事。」

「我沒立場告訴你任何事，」蘇利曼說。他聽起來像受傷的小孩。因爲有強光，我看他側面時只看見他移動的喉結。他仍然盯著路面，連瞄我一眼也沒有。

「我寧可你用字條或電話警告我。我無緣無故跟勒索集團扯上關係，」我說。

「說得對，但你的公寓可能被監視了。我不能冒險。」

有道理。確實，我家是被監視了。迄今我仍不知道電話是否被竊聽了。

莎碧哈不哭了，但她的臉轉向車窗表示她沒在聽。她眼神茫然地望著外面掠過的景色。

「但是媒體一定會發現的。你出席了公開葬禮。你讓一個變裝者上你的車。你還出手保護——原諒我，伯母——另一個變裝者的母親。我是說，你突然公開顯露出這些年來隱瞞的事情。」

「女士，過度保護的眼睛必定會被戳。我們作了所有必要的防範。你說得對，或許終究會洩漏。但是話說回來，我照顧被殺害的遠房親戚的盲眼老母，只會讓我的形象加分。強調我的黨願意接納各式各樣的人，我們的觀點有彈性。其實沒什麼好擔心的。一切發展都在我們掌握之中。」

「看到我上你車的人怎麼辦？我下車的時候呢？」

自然，我發問時盡量抬高一側眉毛。我也稍微張開嘴。這是我喜歡、經常對鏡練習的姿勢。

「每個家庭都有言行不受認同的人。這並不表示他們被排斥。尤其在這種艱難的時候。我們黨一視同仁。我們的支持者也準備好接受這一點。」

確實他做事不會不謹慎考慮可能的後果。他的情感或許有些壓抑，但他每個行爲都是算計過的。

「你打算怎麼處理殺害布絲——我是說費維茲——的兇手？那整個幫派……」

當我提起費維茲名字，莎碧哈又濕了眼眶。

「我們知道他們是誰，」他說，「你也知道。」

「他們到處有眼線，」我說。

莎碧哈的哭聲傳了過來。手帕都濕了。我受不了。我遞給她放在我跟蘇利曼中間的面紙盒。

「拿著。用這個，」我說。

她點頭致謝，摸索著抽出一張。

「我們摸清他們底細有一段時間了。其實，偶爾我們也會利用他們。但是，如你所說，他們變得太強大了。他們的根紮得太穩。不可能一舉消滅他們。我們查出了殺害費維茲的兇手身分。目前，他們是我們唯一的目標。別擔心，我們已經開始進行了。」

他說「別擔心」時調皮地眨眼，在這麼面無表情的臉上看到很令人不安。

「那就好，但是我呢？你知道的，他們會來找我。我被跟蹤，我家被監視。他們踩住了我的痛腳。我沒有你的權勢。我沒有那麼長命能夠一個一個擊退他們。」

他看著我的眼睛，沉默片刻。

「葬禮時已適當警告過索菲亞女士了。我們希望已經說服她。做這種事情未必要永遠忠誠，識時務者爲俊傑。留得青山在非常重要。我們的立場是這樣，以眼還眼，以牙還牙……我們攤開所有的牌。接下來他們要做的很明顯。這個社群有些不成文的規定。我們所在的世界冷酷無情。不過我必須說，你昨天交出的卡帶恐怕會節外生枝。」

「什麼意思？」我問，「錄音帶不能當證據。除非我弄錯了，上訴法庭有裁定的。」

他嘴上閃過一抹微笑。「沒錯，是有這個裁定。但你自己也知道，製造八卦不需要證據。」

不知何故，我覺得有必要自我辯護：「但是你知道一切都是那個女記者幹的。」

「艾瑟．薇汀莉女士……」他說，糾正我用的字眼「女記者」。

對了，她名叫艾瑟。我記不得的就是菜市場名艾瑟。而且，這還是我挺喜歡的名字。

「她還把訪談交給了報社，」我繼續說。

「他們絕對不會刊登的。」

他說得斬釘截鐵，不容唱反調。

「恕我多問，那麼還有什麼問題呢？」

「有些閒雜人等知道了那捲錄音帶的存在。然後扯進更多閒雜人。」

「他們只是貪婪，」我幫他們說話。

他微笑看著我。「正是。貪婪……七大罪之一。不過……他們遲早會被收拾……」

他還是一樣沉著，充滿自信。對於處理艾瑟．薇汀莉與跟班阿赫梅，我懷疑他有何打算。我有好奇心並不表示一定要問他。我知道得越少越好。

「好吧，」我說。

我們同時沉默。蘇利曼和莎碧哈好像變成啞巴了。我轉身，面向前方。要不是車裡這麼冷，我翻騰的腸胃早就吐出來了。空調眞是奇妙。

「我們該在哪裡放你下車？」他問。

我自然指望他們送我回家。我對這個問題有點不悅，但我沒表現出來。

「找一家計程車行就好，」我說。

蘇利曼不需要指示。從下一個出口駛向艾森勒。我們接近市區公車站。我無意在那裡下車。

「我眞的寧可不要在巴士站下車，」我說，或許有點尖銳。

我們繼續駛向達夫帕沙。那裡通往郵局的路口有家計程車行。我們接近第一輛計程車停了下來。

「多謝你關心。我們不會忘記你的行動，」他說。

我跟他握握手。

「我們也會感激你別再插手管這些事，」他補充。

後面那句的口氣令人骨頭發涼。我仍然握著他的手；他看著我的眼睛。我再次領悟爲什麼我無法忍受這個人。如果他想要，那對黑眼珠眞的很嚇人。

我再次向莎碧哈女士致哀。她自動伸出手來讓我親吻，我照做。蘇瑞亞・艾洛納把帽子遞給我。雖然他沒資格，我下車時還是祝蘇利曼今天順利。

我一下車他們就開走。我手上拿著華麗的帽子，一身盛裝，杵在托普卡皮工業區的中央。

我還來不及找計程車，一輛Corolla停在我面前。

# 32

索菲亞從後車窗大喊，「快上車！」我不假思索照做。我們開走。

「妳在跟蹤我嗎？」

「親愛的，別跟我裝傻。不，我們在這裡不是巧合。」

車上的駕駛是個我沒見過的暴躁男子。哈山坐在前座，司機旁邊，不發一語。要是索菲亞允許，他一定會跟我打招呼。

「聽著，親愛的，」她說，「事情比你能想像的更加失控了。我需要你。」

「我交出帶子了……」

「別耍我。你剛從他車上下來。我想你們不是在玩遊戲。我必須知道他跟你說了什麼。趁你記憶還鮮明；一個字都沒忘。否則，他不會相信。」

眞了不起，索菲亞一口氣說完了這串話。

「請講慢一點，說清楚。妳嚇到我了。」

勒索黑手黨的觸角完全張開了。索菲亞，或許法魯，或許連那個天才作家瑞菲克・阿爾坦都跟這事有關。連我都被扯進來了，名字一定被記在某個檔案裡。

另一組無遠弗屆的強大觸角屬於蘇瑞亞・艾洛納。這是典型的大對決。現在蘇瑞亞・艾洛納希望我完全別管這件事。

「他不只是禮貌的請求，我被迫跟他們走，」我說。

「當然。所以呢？」索菲亞問。

我希望她說下去。她沒有。

「所以呢？」我覆述。

「什麼所以呢？那個人威脅我。他暗示如果我再插手管這件事，他就必須親自出手。」

話匣子哈山再也忍不住。他脫口而出：「他沒說他們打算怎麼辦嗎？」

「白癡！你們兩個……你以為他會告訴我嗎？他啥都沒說。」

我們默默坐著。

「唉，」索菲亞開口說，「你跟我來；你要好好解釋一下！」

「向誰？」我問。

「向不肯聽我說話，一有機會就說不相信我的人，你的好朋友馬赫梅．塞比爾。」

我猛嚥口水。馬赫梅．塞比爾是我認識多年的生意人。以前他跟東歐共產國家作生意。偶爾他會需要我的服務，為他的客人提供罕見的娛樂。我派遣他指定的小姐。魚幫水水幫魚。雖然認識他很多年，我們多半透過電話交談。

「所以他是幕後首腦？」

「不是……但他負責管我。連他都不知道首腦是誰。我不確定眞有其人。一切都很複雜。」

「他怎麼會是我朋友?」我問,「我很少見到他。」

「我哪知道?他是這麼說的。」

「死皮條客!」

索菲亞竊笑。「眞的!你稱呼他是朋友,你提供服務給他。我說親愛的,不是人人像你一樣天眞。這是狗咬狗的世界。或許你該長大了。」

索菲亞沒多久就恢復了先前的態度。她跟以前同樣毒舌,同樣高傲。

「那我該怎麼跟他說?」

「你跟蘇瑞亞.艾洛納的談話內容。首先我會告訴他,然後你講一樣的話。那樣,我們互相掩護。如果有必要,這娘砲也可以幫腔。」

「娘砲」說的就是哈山。

「你何不自己出來說。我們互相幫彼此的謊言背書。」

「我寧可不這麼想,」索菲亞撇清說,「這是我們的大好機會。這是我們擺脫他們,直到這件事過去的唯一機會。你懂我在說什麼嗎?」

「唉,有什麼難懂的?」

「可是你看起來很茫然。」

「我在想事情。」

她責備地瞄我一眼。她沒用眼睛,省事地用嘴唇傳達她的意思。梅莉史翠普一定會羨慕得要命。

「如果我不跟你去呢?」我問。

「這不是開玩笑。沒得商量。機靈一點別亂講話。你當業餘偵探的日子結束了,親愛的。現在你有生命危險!意思是,你的小命千鈞一髮……如果你在乎就照我的話做。好嗎?」

這段時間,我們連續經過了梅特、巴克柯伊和阿塔柯伊區沿著E-5快速道路前進。我們在伊奇特里下鬧道。因爲我不認爲這區域是伊斯坦堡的一部分,每次看到都很驚訝。市區面貌跟我上次來時完全不同。我發現我很少經過這裡,每次看到就表示又過了幾年。

大型媒體控股公司曾經一家一家自作聰明搬到城市外圍,現在又悄悄爬回市中心去了。我們轉到一條小路,顛簸地經過幾條更小的路,路況越來越糟糕。

我們一過了光鮮的媒體高樓,市容開始變亂。維護良好的現代化企業總部之間到處點綴著越來越多老舊的維修中心、鐵工廠和賣建築材料的倉庫。此外,建築物變少、間隔變大。如果出了什麼事,尤其穿我這種衣服,不可能快速逃離。我就像無知赴死的羔羊一樣。

我越來越沒有信心,索菲亞和哈山大概不會保護我。

「到了!」

我們來到一處高牆圍繞的地方,唯一入口是道側滑式鐵門。我們走近時,門漸漸打開。我們駛過碎石鋪的內部庭院。我不喜歡走在這種碎石上,以現在穿的鞋子也做不到。

我們停在一棟新的兩層建築前。但是,裡面沒有生命跡象,連附近都沒有。

哈山要下車時,索菲亞怒道,「留在這兒!我們需要你會叫你。沒必要讓你捲入這件事，」至少她還有一點人性。

我們爬上三階，走進大樓。索菲亞用緊張堅定的步伐帶路。

我們走過仿花崗岩地板時腳步聲空洞地迴響，傳遍廣大空曠的室內。簡單說，每一步都讓人更加感到毛骨悚然。

「這裡只有我們在嗎？」我問，本能地耳語避免回音。索菲亞根本沒轉身回答我問題。

我們正前方兩大片雙併門打開，走出一個肥胖、圓臉、戴眼鏡的男子。他走向我們。以我的印象，他看來一點兒也不像馬赫梅．塞比爾。從我們上次碰面之後他不可能變這麼多。

他省略通常的招呼，走到一旁說，「進去，他在等你們。」胖子嚴肅的臉上有一雙惡意又銳利的眼睛。

我們進去的房間顯然設計成主管辦公室，布置了常見的豪華家具。是整層樓的邊間，可以同時看見綠色花園和我們剛走進來的內部碎石中庭。換句話說，我們每一步都受到監視。

馬赫梅．塞比爾坐在當作會議區域的一張舒適椅子上——我的好朋友！——還有個我不認識的男子。兩人都散發出緊張的氣息。我朋友並沒有表現出他認得我的樣子。不但沒跟我打招呼，更別說站起來了。

如同第七號情報員續集的羅特．蓮娜，索菲亞擺出謙恭又荒謬的姿勢：雙膝微彎，一腳稍微退後。我同情又驚訝地看著。

胖子跟著我們進了房間。他僵硬地坐在角落一張不舒服的椅子上，顯示出他的相對低階。

我不認識的男子口氣很機械化：

「請坐。」

這「請」字不像提出請求、送禮或表示熱誠時用的那種。看他的氣勢，他顯然是室內階級最高的人。他也確保每個人知道這一點。或許這就能解釋為何我老朋友馬赫梅・塞比爾不敢跟我打招呼。

「你好，馬赫梅先生。好久不見……」我走近他伸出手說。

「呃……是啊……」他咕噥著握手。

我轉向另一位男士。

「我想我們沒見過，」我說，「你好……」

「我認識你夠多了，」他傲慢地回答。我的手僵在半空中。

索菲亞盯著我的一舉一動，使個眼色表示我該坐下了。

「我跟蘇瑞亞・艾洛納談過，」她開口。她暗示交談是她主動，她的成就。

蘇瑞亞・艾洛納公然威脅索菲亞，警告她若不收斂的後果。她指著我，「她是目擊證人。」

我只傻傻地點頭。

「所以呢？」假笑的乖戾男子問。

「您比我清楚，先生。我只是轉達我聽到的。別為難使者。」

「所以你建議我們什麼都別做？這樣恐怕行不通。」

「已經死了兩個人，」我插嘴，「還不夠嗎？何況，其中一個是完全無辜的。」他假裝沒聽見。我不存在。我隱形，也沒聲音。他皺起眉頭，望著空中。我猜這時他在思考。我們都看著他。我起了雞皮疙瘩。

「其實，布絲也是無辜的，」我補充。我不懂我的聲音怎麼會降低到咕噥程度。同樣地，沒人聽我說。

「我確定你下令殺了她。」我不確定是否大聲說出了這句話，或只是想想。冰冷的目光暗示是前者。

索菲亞焦慮地看著我。她稍微噘起豐唇，瞇起眼睛，叫我閉嘴。雖然室內溫熱，雞皮疙瘩越起越多了。

我瞄向馬赫梅．塞比爾。他看我的表情如同索菲亞的男性版本。意思是，我沒誤認噘嘴是向我送飛吻。塞比爾似乎變得有點邋遢，甚至慵懶。不然，就是我以前沒注意到。

我照他們的意思做。保持沉默。險惡的氣氛似乎也影響到我了。

冷面人繼續望著空中，顯然在沉思。我也開始思索。天曉得我派給塞比爾的小姐們曾經以什麼惡劣的方式被人勒索。幸好，她們多數人無知就是福。否則，我應該早就聽說了。我再也不派人給他了。

思考程序完成，他說：

「我們會評估你告訴我們的話……」

索菲亞立刻站起來，我了解我們是被斥退。自然而然，我也站了起來。

「至於你，走路小心。做人不要太好奇。老實告訴你，這次你輕易脫身了。但是你的檔案只會越來越厚。想清楚要站哪一邊。若有必要，我們會連絡你。」

當天第二次，我被指示別多管閒事。先是蘇瑞亞．艾洛納禮貌地這麼暗示，現在這隻蠻牛又公然威脅我。

「索菲亞會跟你保持連絡，」他說。

我學會了不要跟他握手，也別理會馬赫梅．塞比爾。我默默跟著快步走向門口的索菲亞。

亮眼胖子起身幫我們開門，孤僻主人的權威聲音在我們背後大聲說：

「是誰在車裡？」

我們都愣住。他一定看見了哈山。

「你們爲什麼帶他來？」

「我們從葬禮直接過來的。他很可靠，先生，」索菲亞說，「是好朋友……」

沉默。

「別再做這種事！」

我想總有一天我會嘲笑索菲亞，完全洩氣的衰樣，她在強大的權威面前畏畏縮縮的樣子。

一走出來我就問：「這隻蠻牛是誰啊？」

「噓……」索菲亞低聲說。

我們一路走回車子沒有交談。

# 33

回到家時我精神挺虛弱的。剛才在車上聽索菲亞講話時，我就決定充耳不聞。我想要逃走，到她找不到的遙遠地方，去別的國家，用個全新身分搬到香格里拉或巴拿馬。

但是最佳對策似乎是聽從今天兩個來源的話，忘掉發生過的事，抽身不管。我解開了布絲被殺的答案，那就夠了。

莎蒂女士還在努力打掃。

「歡迎，先生，」她招呼我。

「先生」穿著短裙走進來。頭上還戴著大盤帽。我問有沒有人打電話來。

「我沒接電話，先生。有幾通來電；他們留了馬殺雞，」她說，「您最好聽一下。」

「那是『留言』，不是『馬殺雞』，」我走進臥室時糾正她。

我開始冒汗。趁造成汗漬之前我脫下黑色洋裝。洗個冷水澡應該不錯。如果留在家裡夠久，我甚至能讓心靈像身體一樣受到洗滌。但是首先我得聽留言。

第一通是哈山。他提議如果我還沒出門就一起去葬禮。我晚點再跟他算帳。我們得談談。他的表現太糟糕了，尤其想到他還能看著我的眼睛說謊。他不成熟又太急著凡事參一腳。我相信他不是個壞人，但他絕對太嫩了，也太多管閒事。最重要的，他還宣稱自己不是同性戀。不，哈山太難約束或安置了。還有他露出屁股晃來晃去是什麼意思？我一想到就火大。

阿里留了兩段留言，連續的。第一段，他確認收到了快遞的信封。他還沒看內容，所以沒看到約翰・普瑞特的照片。第二段告訴我Wish & Fire公司打來表示對我們的提案有興趣。照例，談到錢的時候，他就講得興高采烈。

下一則留言完全沉默。然後，有一則完全聽不清楚的。是男人的聲音，用手機從嘈雜又收訊不良的地方打來。我猜那是粉絲。我認不出聲音，但從少數幾個聽懂的字判斷，我們曾經發生過親密關係。我默默祈禱莎蒂沒聽見這一則。

然後凱南打來。他說他有留言，爲了噪音很多道歉。這次，他的留言清清楚楚。他想要我，還用最生動的詞彙說出來。莎蒂如果聽到了一定會臉紅得像甜菜根似的。

最後，又是一個不講話的。我不在的時候電話一定響了整整兩小時。

「莎蒂女士，請把廚房的西瓜切了，好嗎？我去洗澡。放幾片在冷凍庫裡讓我出來的時候吃，」我吩咐她，走向浴室。

＊＊＊

西瓜準備好了。莎蒂仍然玩老花樣。我在家的時候，她會拖延工作時間，仔細打掃她通常忽略的小地方。我不認爲自己特別挑剔，但是乾淨的房子對我是天賦人權。我懷疑她有時候只燙了幾件襯衫而已。

我眞正需要她做的是整裡累積的舊雜誌、雜亂的CD、辦公室裡糾纏的電線訊號線。喔，還有擦拭鍵盤。我提出我的想法。我一說到「電線」她就插嘴：

「可是我會怕。觸電之類的……」她說，「在這種夏天被電死……」

在冬天就會比較愉快嗎？

「別擔心，」我安撫她，「不會有事的。我們先把插頭拔掉。整理好之後我會插回去。」

「那好吧，」她同意，「如果你想要，我會自己接上電線。要我把它們編成辮子嗎？」

不，我眞的看不出有必要把電腦訊號線紮辮子。

「先做，我們再看看。」

她走進辦公室之後又叫道：

「來把所有插頭拔掉我才能打掃。」

她又不是沒用過吸塵器、熨斗或食物調理機。我遵照她的要求。她消失到書桌底下，開始整理糾結的電線和纜線。她連鍵盤都拆下來。我叫她用濕布擦，加一點去污劑別太濕。

我開始整理過期雜誌順便翻閱一下，打算混到莎蒂完成她的工作離開。她不會待太久。她習慣在四點鐘離開。這次也是。

「還需要我做別的事嗎？」她問，已經換回便服了。

她走後我檢查鍵盤。幾乎滴出水來。這是她表達以後別再叫她做這種事的方式。我們彼此都不陌生。我了解她的作風。我把鍵盤倒扣在有陽光的窗台上，同時不斷詛咒莎蒂。要是晾乾之後故障我就得買組新的。至少會是乾淨的。

她沒把電線紮辮子，但用粗紅繩子綁個蝴蝶結。看起來很搞笑。我就留著一陣子吧。出門上班之前我需要瞇一下。如果凱南再打來，我會考慮他的提議。

我剛伸完懶腰門鈴就響了。我一上床門鈴就響的明顯關聯開始令我心裡發毛。我還是衝到門口，說不定凱南來了。

太失望了！面前站的是胡笙，滿臉是傷。我想要痛罵他一頓，但是看到他的樣子打消了念頭。不難猜測發生什麼事。我讓他進來。

「你怎麼了？」

「你的同黨幹的。」

他可憐兮兮看著我，像流浪貓似的。

「『我的同黨』是什麼意思？」

「你知道的，那些想拿到你藏匿的東西的人。他們拿走了信封。看不懂裡面是什麼玩意，就揍我一頓。」

「對不起，」我道歉。

「他們發現那不是他們要的東西之後，放我離開。起初我以爲他們要殺我。原來他們挺慈悲的。」

「你報警了嗎？」我問。

「警方會怎麼辦？我是計程車司機。你忘了嗎？如果幸運碰到有同情心的警察，他會聽聽，說他很遺憾然後打發我走。」

胡笙是今天第二個跟我說話有困難的人。索菲亞還有辦法遮掩臉上最慘的傷痕。但胡笙不化妝的。

「我被打了兩天。全身上下沒有一處不痛的。」

我再次道歉。

「不是你的錯，」他說。

「我還是覺得有責任，」我說。

「不，」他說，「我是白癡。是我要追你。我一聽說是你的包裹，就自告奮勇去送。原本車行有別人要接的。我希望有機會來告訴你我送到了。是我沒事討打。」

我內心的南丁格爾覺醒了。他的眉毛有裂傷。我走近他，輕摸傷口。血已經乾了。

「你至少有去看醫生吧？」

「沒有，我直接來找你……」

看他臉上的碘酒痕跡似乎不是這麼回事。他察覺我懷疑的表情。

「我去了藥房，他們包紮的。」

「很好，」我說。我縮手，愣住。晚點再扮南丁格爾吧。

他凝視我的眼睛。好像小貓咪在說，「收留我。」

「最慘的是我的背；臉上不算什麼，」他說。

他脫掉他的襯衫。他們真的把他打慘了。我伸手摸過他背後。

「別摸！痛死人了，」他說。

「你需要用酒精消毒包紮，」我說。

「你介意幫忙嗎？我搆不到……」他說。

他完全沒有嘻皮笑臉的跡象。南丁格爾又回來了。

「那你跟穆潔幹什麼了？」我問。

我不該問的。但我忍不住。

「沒什麼，」他說，「還能怎樣？我只想讓你嫉妒。如此而已。你離開店裡我就回家了。」

能夠相信他眞好。我臉上一定露出了微笑。否則，他不會敢吻我。雖然嘴唇腫了，他的吻技不錯。我必須承認我喜歡。我回應了。他把我拉進懷裡。有隻手摸到我乳頭，在他觸摸之下變硬了。我撫摸他，他輕輕呻吟同時咬牙忍痛。然後他長嘆一聲。我縮回手。他把我的手拉回去，放在比較適當的位置。

天剛黑不久，但是氣氛逐漸變得火熱。

# 字彙表

Abi——哥哥

Abla——姊姊

Aman——喔！啊！饒命！看在老天份上！

ayol/ay——女性常用驚嘆詞；哎呀！

bey——先生；與名字連用，等同Mr.

dürüm——三明治捲餅

efendi——紳士，大人

efendim——是（接電話時）。請再說一遍？

estağfurallah——用於回答別人的感謝、過度謬獎或自我批評

fatiha——古蘭經第一章

geçmiş olsun——對曾經或正在生病、遭遇不幸的人表達同情之詞

hanım——女士；連用於名字，等同Mrs.或Miss。

inşallah——看眞主的旨意；希望如此

kandil——聖紀節，先知穆罕默德生日，伊斯蘭四大節慶夜之一

maşallah——眞主創造的奇蹟；用來表示讚賞

mevlit——爲紀念死者而舉行的宗教聚會

namaz——膜拜儀式，禱告

peştemal——土耳其浴場用的纏腰布

rakı——某種大茴香口味的烈酒

sen——你，第二人稱單數；用於熟人稱謂

siz——您，第二人稱複數；用於正式稱謂

teyze——阿姨；用來稱呼年長女性

vallahi——眞主爲證；我發誓是眞的

藍小說262

# 親吻謀殺案

作　者—馬赫梅．穆拉特．索瑪
譯　者—李建興
主　編—嘉世強
美術設計—白日設計
責任企劃—王君彤
董事長
總經理—趙政岷
出版者—時報文化出版企業股份有限公司
10803臺北市和平西路三段二四〇號三樓
發行專線—（〇二）二三〇六—六八四二
讀者服務專線—〇八〇〇—二三一—七〇五
（〇二）二三〇四—七一〇三
讀者服務傳真—（〇二）二三〇四—六八五八
郵撥—一九三四四七二四時報文化出版公司
信箱—臺北郵政七九～九九信箱
時報悅讀網—http://www.readingtimes.com.tw
時報出版文學線臉書—www.facebook.com/readingliteratue
法律顧問—理律法律事務所　陳長文律師、李念祖律師
印　刷—勁達印刷有限公司
初版一刷—二〇一七年三月三十一日
定價—新臺幣二八〇元
行政院新聞局局版北市業字第八〇號
（缺頁或破損的書，請寄回更換）

時報文化出版公司成立於一九七五年，
並於一九九九年股票上櫃公開發行，於二〇〇八年脫離中時集團非屬旺中，
以「尊重智慧與創意的文化事業」為信念。

國家圖書館出版品預行編目（CIP）資料

親吻謀殺案 / 馬赫梅.穆拉特.索瑪著；李建興譯. -- 初版. -- 台北市：時報文化, 2017.03
面；　公分. -- (藍小說；262)

譯自：The kiss murder

ISBN 978-957-13-6924-2(平裝)

864.157　　106002021



ISBN 978-957-13-6924-2
Printed in Taiwan